게으른 사색의
윙크

게으른 사색의 윙크

ⓒ 고성범, 2024

초판 1쇄 발행 2024년 6월 1일

지은이   고성범
발행처   신혜순
펴낸곳   도서출판 bPP
주소   충청남도 천안시 동남구 풍세로 801-23
등록   제 25100-2018-0044호
전화   010-5669-5402
이메일   kosbkosbkosb@naver.com

ISBN   979-11-965653-9-8 (03810)

게으른 사색의 윙크

고 성 범   산 문 집

"사랑"

이
어처구니없는
일탈

도서출판 bpp

목차

Softly, Lightly, Joyfully

겨울비

겨울비에 잦는구나.
뜰의 殘雪.
겨울비에 젖는구나.
임의 殘影.

LP)
옵니다.
비가 옵니다.
겨울비가 옵니다.

꽃처럼 내 옆에서 잠든 임이
한 번도 떠난 적이 없고,
떠나지도 않았고,
설마 떠날 리도
없는데,

그래도 왠지
서럽고 안쓰러워,
자꾸자꾸 일어나서
보고, 보고 또
봅니다.

[고범24_001]

10

여유

(강은)

깡으로

흐르지 않는다.

LP)

한마디로, 삶은 여유다. 여유가 없다는 말은 삶이 없다는 말과 거의 동의어다. 구체적으로 여유란 돈 여유, 시간 여유, 생각 여유의 합이다. 여유 개념을 친구에게 적용해 보자. 첫째, 친구가 돈이 필요하다고 할 때 얼마라도 줄 수 있어야 한다. 그 정도 돈 여유는 있어야 한다. 둘째, 친구가 밥 한번 먹자고 할 때 그러자고 말할 수 있어야 한다. 그 정도 시간 여유는 있어야 한다. 셋째, 친구가 걱정거리를 말할 때 함께 고민해 줄 수 있어야 한다. 그 정도 생각 여유는 있어야 한다. 삶을 제대로 산 사람은 옛 그리스인들이다. 모든 일은 노예들이 전담했고(노예에겐 삶이 없었다) 시민들은 여유를 즐겼다. 그들은 풍부한 여유를 이용해서 인생과 우주를 탐구하고 예술을 즐겼다. 꿈도 좋고, 열정도 좋고, 야망도 좋다. 그러나 그들 모두를 합친 것보다 여유가 훨씬 좋다. 진짜로 불쌍한 사람은 거지가 아니다. 평생 바쁘게 사는 사람이다. 여유라곤 참새 발톱만큼도 없는 사람 말이다.

[고범24_002]

반딧불이여!

잠시만 나를 더 비춰 주시게.
나는 오늘도 내가
모호하다네.

LP)

　오늘도
　나는 모호합니다.
　나를 보니 내가 맞습니다.
　시계를 보니 시계가 맞습니다.
　밤하늘의 별을 보니 별이 맞습니다.
　그리하여 모두가 맞는데도
　또한 모두가 틀립니다.
　어머나, 내가 굴러가서 시계가 됩니다.
　어머나, 시계가 날아가서 별이 됩니다.
　어머나, 별이 살짝 내려와서 나로 됩니다.
　이제 나와 시계와 별이 하나이고,
　꿈과 시간과 삶이 하나입니다.
　모두는 하나처럼,
　하나는 모두처럼,
　서로 안고
　돕니다.

　[고범24_003]

훔치고 싶은 게 있나요?

(어떤 여배우의 답변)

왜 훔쳐요?

사면

되지.

LP)

예? 뭐라고요? 살 수 있다고요? 그럼 사세요. 아까워하지 말고 당장 사세요. 살 수 있다는 게 얼마나 큰 축복인가요. 세상에는 돈 주고도 못 사는 게 얼마나 많은데요. 그렇지 않나요? 돌아가신 엄마, 돈 주고 못 사요. 남의 부인이 된 첫사랑, 돈 주고 못 사요. 바람처럼 날아간 내 청춘, 돈 주고 못 사요. 그리고 어영부영 낭비해 버린 우리의 인생, 이거 돈 주고 절대로 못 삽니다.

[고범24_004]

下山

(내려올 때의 나가)

진짜

나다.

LP)

　오를 때는

　하늘의 무지개와

　저 멀리 앞서가는 놈들의

　엉덩이만 보이지만

　내려올 때는

　훨씬 많은 것들이 보인다.

　혹은 피는 꽃과 나는 새들도 보이고

　혹은 정다운 벗들도 보이지만

　그와 동시에 내가 죽인

　뭇 생명체의 시체들도 보이고,

　내가 평생 쌓은 오물더미도 보이고,

　각양각색의 흙탕물에 감춰진

　나의 두꺼운 얼굴도

　사뭇 또렷하게

　보인다.

[고범24_005]

방해자

(재미의 여신은)

방해자의
모습으로
나타난다.

LP)

세상의 문제들은 일반적으로 양면성을 갖는다. 고통의 측면과 재미의 측면 말이다. 하여, 둘 중 어느 쪽을 보는가에 따라 삶이 고통일 수도 있고 재미일 수도 있다. 한 가지는 확실하다. 현실의 삶을 살아가면서, 문제 자체를 외면하는 건 구조적으로 불가능하다는 사실이다. 하니 외면할 수 없다면 즐기는 게 답이다. 문제를 푸는 과정에서 흔히 조력자와 방해자가 등장하는 데, 둘 중 후자가 더 중요하다. 문제 풀이의 재미에 더욱 많이 기여하는 쪽이 '방해자' 이기 때문이다. 그렇지 않나? 방해하는 상대가 없다면 누가 바둑을 둘까. 방해하는 상대가 없다면 누가 축구를 할까. 방해하는 상대가 없다면 어떤 바보가 고스톱을 치겠는가. 아닌가? 막고, 방해하고, 괴롭히는 상대가 있어서 '그 어려움을 극복하는 재미로' 바둑도 두고 축구도 하고 고스톱도 치는 거다.

[고범24_006]

15

한반도

독해야 살고,
독해서 산다.

LP)
　한반도는 땅이 너무 좁다.
　그런데 그 좁은 땅의 70%가 산이다.
　그리고 그들 산에는 돈 나가는 게 별로 없다.
　그 척박한 땅덩이마저 지금은
　남북으로 갈려 있다.

　한반도는 만남의 광장인가.
　북방계 생물의 남쪽 한계선과
　남방계 생물의 북쪽 한계선이
　바로 이 한반도에서 만난다.

　하여, 이 거칠고 야속한 나라에는
　인간이든 동물이든 식물이든 혹은 하느님이든
　가장 독한 놈과 독한 분이 살아간다.

　만일 한국 사람과 사막이 만난다면
　사람이 못 사는 게 아니라
　사막이 못 살 거다.

[고범24_007]

진선미

(그리고)

樂

LP)

강원도 사람들이 일상적으로 하는 말이 있다. "樂이 있나?" 라는 말이다. 여기서 말하는 〈樂〉 이란 우리가 '온몸으로 느끼는 실체적 즐거움' 을 의미한다. 대충 말해서, 인간은 신적 부분과 인간적 부분과 동물적 부분의 결합이다. 그래서 〈樂〉 도 신적 부분과 인간적 부분과 신적 부분이 있다. 기왕에 태어났으니 세 가지 〈樂〉 을 다 누려 봐야 한다. 동물적 〈樂〉 은 자극적이지만 짧고, 신적인 〈樂〉 은 덜 자극적이지만 길다. 인간적 〈樂〉 은 중간이다. 셋 모두 나름의 즐거움이 있다. 당연한 얘기지만, 금은 금광에서 캐는 거다. 〈樂〉 도 나오는 광산이 따로 있다. 첫째, 동물적 〈樂〉 은 세속에 있다(내가 세속을 떠나지 않는 이유다). 둘째, 인간적 〈樂〉 은 예술에 있다(내가 예술을 가까이하는 이유다). 셋째, 신적인 〈樂〉 은 진리에 있다(내가 쉬지 않고 진리를 탐구하는 이유다). 〈樂〉 과 행복이 동의어는 아니다. 하지만 〈樂〉 이 행복의 중요한 요소인 건 확실하다. 〈樂〉 이 빠진 행복은 가짜이거나, 진짜라 해도 지속적이지 않다.

[고범24_008]

도토리와 꿩과 개구리

딱
후다닥
퐁당

LP)
　한여름,
　벌레 우는 숲에서
　새들과 함께 섬처럼 웅크리고
　긴긴밤을 날로 세워 보지 않은 사람은
　시와 사랑과 인생의 깊이를 말하지 마시라.
　그러므로 친애하는 세상 사람들이여
　말할 수 없는 것은 부디
　침묵하시라.
　그렇지만 또한,
　말할 수 있는 것을
　제때 말하지 않은 사람은
　한 줌 남은 염치로서
　진짜로 침묵
　하시라.

　[고범24_009]

18

Ritual

(종교와 연애는)

의식이

반이다.

LP)

Ritual은 의식(儀式)을 의미한다. 우리 삶에서 Ritual의 비중이 작지 않다. Ritual은 '삶의 의미와 미학을 담아 내는' 일종의 그릇 역할을 한다. 하니 Ritual을 만들어 야 우정도 애정도 유지된다. 일테면, '매번 같은 식당 에서 만나 같은 음식을 먹는' 두 친구는 관계가 지속성 을 갖는다. 그런 공식화된 절차가 하나의 Ritual로서 기 능하기 때문이다. 가정도 회사도 국가도 마찬가지다. 각 자의 격에 맞는 Ritual이 반드시 필요하다. 조선의 사대부 들이 제사에 그렇게 진심이었던 이유도 같다. 그게 당시로 서는 가장 폼 나는 Ritual이었기 때문이다. 일부 동물이 나 곤충도 교미 전에 정해진 절차에 따라 춤을 춘다(이 것도 일종의 Ritual로 볼 수 있다). 요즘 젊은이들, 아 빠나 엄마의 생일은 열심히 챙긴다. 그래 봤자 둥근 케이 크에 초를 잔뜩 꽂고 생일 축하 노래를 부르는 게 다지 만⋯⋯. 그들도 아는 거다. 孝 개념이 거의 사라진 이 시대 에 그나마 부모와 자식을 이어 주는 Ritual이 이것뿐이라는 걸.

[고범24_010]

19

원자탄

(혹시 신은 죽었는지 모르지만)

악마는 아직 건재하다.

원자탄이 그

증거다.

LP)

원자탄이

무슨 죄가 있어요.

만든 놈이 나쁜 거지(?).

과학자가

무슨 죄가 있어요.

시킨 놈이 나쁜 거지(??).

정치가는

무슨 죄가 있어요.

뽑은 놈이 나쁜 거지(???).

국민이

무슨 죄가 있어요.

국민을 나라의 주인으로 만든

그놈의 헌법 제1조가

죽일 놈인 거죠

(????).

[고범24_011]

감정 배출

(감정은 물과 같다)

가두면

썩는다.

LP)

다양한 감정의 주기적 배출은 정신건강에 중요하다. 해서 다양한 감정을 표출할 수 있는 수단이 필요하다. 대표적 수단은 놀이와 스포츠이다. 우리는 다양한 감정을 마음껏 표출할 수 있다. 야구장의 객석에서 말이다. 보다 적극적인 방법도 있다. 예를 들어, 우리는 고스톱을 치면서 웃고, 찡그리고, 환성을 지른다. 작가들은 좀 더 고상한 수단을 쓴다. 즉, 자신이 만들어 낸 스토리를 통해서 감정 표출을 한다. 나이 든 노인층은 영화나 막장 드라마를 보면서 감정 표출 기회를 얻는다. 이도 저도 어려운 사람은 부부 관계를 이용할 수 있다. 단, 조건이 하나 있다. 부부 금실이 너무 좋거나 너무 나쁘지 말아야 한다는 거다. 두 가지 경우 모두 감정 표출의 폭이 좁아지기 때문이다. 그런 점에서는 톨스토이 부부가 모범적이다. 그 부부는 오랜 세월 함께 살았는데, 사는 내내 줄기차게 싸웠다고 한다(애도 12명이나 낳으면서 말이다).

[고범24_012]

봄

(겨울을 비틀면)

봄이

안 온다.

LP)

닭 모가지를 비틀어도 새벽은 온다.

새벽이 오는 것을 어떻게든 막고 싶다면

죄 없는 닭은 건드리지 말고 밤을 없애야 한다.

24시간 밝게 빛나는 나라에는 새벽이 있을 수 없다.

설사 있다고 해도 사람들이 인지하지 못한다.

즉, 밤 자체를 없애는 것이 가장 좋은 방법이다.

같은 식으로, 봄에 피는 春蘭을 정 못 피게 막으려면

오는 봄을 막지 말고, 아예 겨울을 없애면 된다.

즉, 겨울 내내 따뜻한 온실에서만 키운다면

춘란은 봄이 와도 꽃을 피우지 않는다.

겨울 따라 봄도 떠났기 때문이다.

자식이 힘들까 안쓰러워서,

자식의 겨울을 막고 있는 부모는

사랑하는 그 자식의 봄도

함께 막고 있음을

아시려나?

[고범24_013]

적과 친구

(좋은 친구는 황금)

좋은 적은
백
금

LP)

무능한 범생이 삼장법사가 어떻게 서역까지 갔는가. 좋은 친구(손오공 등)와 좋은 적(여러 요괴)을 두었기 때문이다. 못난이(?) 유비가 어떻게 천하를 도모할 수 있었는가. 좋은 친구(관우와 조자룡 등)와 좋은 적(조조 등)을 두었기 때문이다. YS와 DJ는 어떻게 대한민국의 대통령이 되었는가. 좋은 친구와 좋은 적을 두었기 때문이다. 두 사람은 박정희라는 공동의 적을 두었다. 또한 두 사람은 '본인들은 그렇게 생각하지 않은 것 같지만' 서로가 서로에게 좋은 친구이자 좋은 적이었다. 현실적으로 적과 친구의 경계는 모호하다. 세상에 완전한 적도 없고 완전한 친구도 없다. 적은 동시에 스승이고, 친구는 동시에 경쟁자이다. 근데, 더 원초적인 것은 적일까 친구일까? 적이다. 생각해 보라. 내 주식이 오르면 누가 좋아하고 누가 싫어할까? 속으로는 둘 다 싫어한다. 적도 친구도.

[고범24_014]

王道

(공짜 점심은 없어도)

맛있고
싼 점심은
어딘가 있다.

LP)

 나는 남보다 덜 노력하면서도
 남들만큼 이루기 위해서 늘 고심했다.
 그래서 빠른 샛길과 지름길에 관심이 있었고,
 나를 도와줄 '도구들과 조직'에 대한 욕심도 많았다.
 동양의 십이 간지에서 쥐띠가 소띠보다 먼저 나오는 것은
 동물올림픽에서 쥐가 한발 앞서 도착했기 때문이다.
 쥐는 퍼질러 잠을 자면서도 1등을 했다는 건데,
 소의 등짝에서 잠을 잔 게 바로 비결이다.
 나는 실컷 노는 것이 평생의 꿈이다.
 단언하건대, 인생에 王道는 분명히 있다.
 그 길을 따라가면 실컷 놀면서도
 노는 데 필요한 돈은
 벌 수 있다.

[고범24_015]

부자

(여러분!)
부자 되세요.
진짜
부자

LP)

부자 좋지……. 근데, 누가 부자인가? 돈만이 자산은 아니다. 땅과 주식과 자동차만 자산인 거 아니다. 자산의 범주를 넓혀야 한다. 벗도 자산이다. 당연히 건강도 자산이다. 나만 아는 산책길도 자산이다. 내가 아는 맛집도 자산이다. 아름다운 추억도 자산이다. 내가 읽은 좋은 책도 굉장한 자산이다. 열심히 익힌 태권도 실력도 자산이다. 유익하고 재미있는 모임도 자산이다. 좋은 이웃도 자산이다. 좋은 취미도 멋진 자산이다. 그동안 부지런히 쌓아 온 지성과 인성과 내공은 빛나는 자산이다. 잘 자란 자식들도 튼실한 자산이다. 최고의 자산은 '똑똑하고 성실하고 헌신적인' 배우자다. 맞다. 열심히 살아온 인생이야말로 진짜 자랑스러운 자산이다. 해서 빌 게이츠가 나보다 부자인가? 글쎄다. 길고 짧은 건 대봐야 안다. 돈 빼면 나도 가진 거 많다. "여러분! 부자 되세요. 진짜 부자요."

[고범24_016]

25

인연

인연이 없어도 떠나고
인연이 다해도 떠나고
인연이 있어도
언젠가는
떠나네.

LP)

인연(因緣)의
<인>은 주어진 부분이고
<연>은 우리 스스로 만들어 낸 부분이다.
즉, 어제의 <인>에 오늘의 <연>이 더해져서
내일의 <인>으로 주어지는 것이다.
<연>은 통계학의 '自由度' 개념에 대응한다.
자유도가 큰 삶이란 운명을 자기 스스로 개척해 가는
스릴과 모험이 넘치는 삶을 의미한다. 따라서
진정으로 멋지고 신나는 삶을 살고 싶다면
거지나 부자로 태어나지 말아야 한다.
너무 없거나 너무 풍족한 삶은
<안> 부분이 너무 커져서
<연>이 끼어들 틈이
아주 좁거나
없다.

[고범24_017]

누적의 힘

(티끌이 모인 겁니다)

우주도

우리도

LP)

그대가 타고난 천재가 아니라면 방법은 하나다. 바로 '누적의 힘'으로 승부해야 한다는 거다. 하여 쉬면 안 된다. 기든, 걷든, 뛰든 앞으로 나가야 한다. 탈옥을 다룬 어떤 영화에서 주인공은 숟가락 하나로 20년간 땅굴을 파서 탈출했다. 친구들은 빨라도 200년은 걸릴 거라고 말렸지만, 그는 결국 20년 만에 그 일을 해냈다. 인간은 무엇이든 과대평가하는 경향이 있는데, 이상하게 누적의 힘만은 과소평가한다. 흔히들 1도(혹은 1%)의 방향 차이를 가볍게 여기는데, 아니다. 그 1도(혹은 그 1%)가 누적되면 엄청난 결과 차이를 만든다. 자기계발서 그만 좀 읽어라. 성공의 비결? 출세의 비결? 세상에 그런 거 없다. 비결은 아니고 '누구나 아는 그러나 실천을 안 하는' 방법이 하나 있을 뿐이다. 발자국 하나하나를 모아서 에베레스트산을 오르는 그 힘, 바로 그 누적의 힘 말이다.

[고범24_018]

두꺼비

느린 게 왜요?
못생긴 게
뭘요?

LP)
　생긴 것과는 달리
두꺼비에겐 경쟁력이 있다.
두꺼비의 생존 전략은 세 가지이다.
첫째, 두꺼비는 매우 느리게 움직인다.
행동이 느리면 불리해 보이지만
곤충들은 외려 느린 움직임에 둔감하다.
둘째, 두꺼비는 모든 역량을 혀에 집중시킨다.
두꺼비는 매우 느리지만 혀만큼은 빠르고 날카롭다.
셋째, 두꺼비는 피부에 강한 독을 품고 있다.
두꺼비를 먹을 수 있는 동물은 많지만
먹은 다음에도 무사한 놈은 없다.
이유는 좀 치사빤쓰하지만
두꺼비에겐 이렇다 할
천적이 없다.

[고범24_019]

28

내가 사는 이유

꽃, 자유, 축구
그리고
너

LP)

나는 오랜 세월 〈나〉 하면서 살아왔어요. 나는 개에게 그
랬지요. 나는 〈나〉 할 거니까 너는 〈개〉 해라. 나는 친구
에게 그랬지요. 나는 〈나〉 할 거니까 너는 〈친구〉 해. 나
는 우주에게 그랬지요. 나는 〈나〉 할 거니까 우주는
〈우주〉 하세요. 나는 하느님에게 그랬지요. 나는
〈나〉 할 거니까 하느님은 〈하느님〉 하세요. 그랬는데,
그랬는데 말입니다. 왠지 이상했어요. 나는 뭔지 모르
게 불안했어요. 늘 허전하고 답답했어요. 이건 아니잖
아요. 그래서 바꿔 봤어요. 완전히요. 예, 나는 〈나〉 안
하기로 한 겁니다. 나는 나 안 하고 〈개〉 하기로 했어
요. 나는 나 안 하고 〈친구〉 하기로 했어요. 나는 나
안 하고 〈우주〉 하기로 했어요. 나는 나 안 하고 〈하느
님〉 하기로 했어요(아, 이건 아니네요). 그랬더니 말입
니다. 사라졌어요. 허전하고 답답하고 불안한 게, 싹
다는 아니지만, 사라졌어요. 그래서 알게 되었지요. 내
가 〈너〉로 사는 게 훨씬 더 내가 〈나〉로 사는 거라
고.

[고범24_020]

도살장

(돼지들이 눈앞의 돼지를 민다)
맨 앞의 돼지는 앞으로 떠밀려서
긴 톱날 위로 떨어지고,
영문도 모르는 채로
햄버거가 된다.

LP)
인간의 탐욕은 일테면,
나머지 동물들의 총합보다 크다.
도살장의 돼지들이 앞으로 밀고 가듯이
인간들도 정상을 향해서 기를 쓰고 돌진한다.
다들 정상에 뭔가 있을 거라 기대하지만
결과는 예외 없이 실망이다. 다수는
정상에 오르지 못해서 실망하고,
운 좋게 정상에 오른 소수도
거기 별스러운 게 없어서
역시나 실망한다.
도살장은 인생의 불편한 은유다.
도살장에 가 보고 싶은가?
서두를 거 없다.
곧 만나질
거다.

[고범24_021]

탓

(딱 반만)

내
탓

사람이 너무 오만하면 안 되지만 너무 겸손한 것도 보기 좋은 건 아니다. 그래서 하는 말인데, 성공이 오롯이 나의 덕인 경우가 없는 것처럼, 실패가 오롯이 나의 탓인 경우도 없다. 하여 이도 저도 남의 탓으로 돌리는 것도 문제지만, 모든 걸 나의 탓으로 돌리는 것도 문제다. 굳이 따지자면 나와 남이 반반이다(필자의 경험에 따르면, 대부분이 그렇다). 하니 반은 내가 고치고 나머지 반은 남(혹은 시스템)을 고치는 게 공정하다. IMF 때 우리는 대략 두 가지를 했다. 첫째, 우리는 정권을 바꿨다. 둘째, 우리는 우리가 가진 금붙이를 내놓았다. 내 탓과 남 탓을 반반씩 물은 거다. 요즘 경제 상황이 말이 아니다. 제2의 IMF가 온다고 야단들이다. 정권이야 또 바꿀 수 있겠지만, 이번에는 또 뭘 내놓아야 하나. 이럴 줄 알았으면 돌 반지 몇 개라도 남겨 놓을 걸. 그래야 또 내놓지.

[고범24_022]

31

말

(말에는 내면이 있고)

내면 뒤에 뒷면이 있고
뒷면 뒤에 이면이 있다.

LP)

첫째, 말을 보지 말고
말 뒤에 숨은
요구를
보라.

둘째, 요구를 보지 말고
요구 뒤에 숨은
의도를
보라.

셋째, 의도를 보지 말고
의도 뒤에 숨은
욕구를
보라.

[고범24_023]

역천

(울어야 젖 준다)
그렇다고
계속 울어대면
젖 터진다.

LP)

초원의 동물들은, 쫓는 놈이나 쫓기는 놈이나, 한 방향으로만 달리지 않는다. 먹어 본 사람은 안다. 커피 믹스는 한 방향으로만 저으면 맛이 덜하다. 시계 방향으로 열 번 저을 때 한 번쯤은 반시계 방향으로 저어 줘야 제맛이 난다. 여친의 말에 주야장천 'Yes' 라고 하면 그 여친 떠난다. 열 번에 한 번쯤은 'No' 라고 해 줘야 안 떠난다. 활시위를 계속 당기면 탄력이 떨어진다. 가끔은 풀어 줘야 탄력이 유지된다. 順天者는 흥하고 逆天者는 망한다? 아무리 대단한 사람이 말했더라도 나는 수긍할 수 없다. 아닌가? 계속 순천만 하면 세상이 나를 '먹다 남은 떡' 으로 안다. 가끔은 역천도 해줘야 인간 대접받는다. 앉을 때 나비는 날개를 접는다. 그렇다고 언제나 그런 건 아니다. 아주 가끔은 나비도 앉을 때 날개를 활짝 편다(내가 봤다니까).

[고범24_024]

33

하루

(해 뜨고 눈 뜨면)

또

하루

사는 거지.

LP)

　손 없는 손이

　문 없는 문을 열면서,

　한 쌍의 소회가 길을 막더니,

　길 가던 쇠똥구리가 쪼그리고 앉네.

　그 옆으로 나란히 바람, 구름 그리고 나.

　땅끝이 닫히면서 우리 모두 침묵.

　저 홀로 일어나서

　하루가 가네.

[고범24_025]

편 가르기

(그게 왜 궁금하죠?)

나이

이념

종교

LP)

야생에서 살아남기가 쉬운 일이 아니다. 야생의 동물에게는 사방이 적이다. 친구는 극히 적다. 이런 환경에서 살아남으려면 일단 편 가르기를 잘해야 한다. 즉, 누가 친구고 누가 적인지를 빨리 세팅해야 한다. 편 가르기가 끝나면 전선이 명료해진다. 이쪽은 살리고 저쪽은 죽여야 한다. 이것은 옳고 그름의 문제가 아니다. 죽느냐 사느냐의 문제다(야생에선 그렇다). 맞다. 지금은 야생의 시대가 아니고 우리도 원시인이 아니다. 편 가르기의 정당성은 진즉 사라졌다. 하나 DNA 진화는 느리다. 우리는 여전히 편 가르기의 망령에 시달린다. 이 오래된 본능은 이제 애물단지가 돼 버려서, 백해는 있어도 일리는 없다(일리는 있으려나?). 일단 편이 갈리고 나면 소통도 협력도 평화도 물 건너간다. 가장 불편한 편 가르기는 '나이, 이념, 종교'로 인한 거다. 하니, 이 세 가지는 말도 꺼내지 마시라. 결혼 상대가 아니라면 말이다.

[고범24_026]

사과

(별 중에는 샛별)

과일 중에는

사

과

LP)

사과가
세상을 바꾼다.

첫째는 이브의 사과다. 이브의 사과가 없었더라면
우리는 세상에 태어나지도 못했을 거다.
둘째는 뉴턴의 사과다. 뉴턴의 사과가 없었더라면
우리는 지금도 돌도끼 휘두르며 살 거다.
셋째는 튜링의 사과다. 튜링의 사과가 없었더라면
우리는 지금도 주판알을 튕기며 살 거다.
넷째는 잡스의 사과다. 잡스의 사과가 없었더라면
우리는 지금도 삐삐나 쳐 대며 살 거다.

다섯 번째 사과가 정말 궁금하다.
누가 그 영광을 차지하려나?
혹시 이 책을 읽는
당신인가?

[고범24_027]

36

매너

(억지로 참는 건)

매너가

아니죠.

LP)

병에 걸리면 좀 아파하세요. 바로 진통제 먹는 것은 병에 대한 매너가 아닙니다. 주식이 떨어지면 좀 화를 내세요. 오를 거라고 자위하는 건 주식에 대한 매너가 아닙니다. 친구 부인이 죽었으면 좀 슬퍼해 주세요. 좋은 곳에 갔을 거라고 위로하는 것은 친구와 친구 부인에 대한 매너가 아닙니다. 술 마셨으면 주정 좀 하세요. 술 마시고 멀쩡한 건 술에 대한 매너가 아닙니다. 금메달 땄습니까? 그러면 좀 자랑하세요. 운이 좋았다고 겸손해하는 건 금메달에 대한 매너가 아닙니다. 다니던 회사가 망했습니까. 그러면 '어차피 그만둘 회사라도' 우울한 척하세요. 그게 회사에 대한 최소한의 매넙니다. 날씨가 미쳤습니다. 물가가 계속 오릅니다. 북한은 핵무기를 300개로 늘린답니다. 이 풍진 세상에서 너무 초연한 태도는 매너가 아닙니다. 예, 조금은 흔들리세요. 조금은 절망하세요. 그게 매넙니다. 인생 그 자체에 대해서 말입니다.

[고범24_028]

헤딩

(자랑은 아니지만 내가)
두개골 하나는
단단하다.

LP)
　내
　한-평생,
　뒤틀린 세상을
　바로 세워 보겠다고
　온몸을 던져서 받아 봤는데,
　세상은 멀쩡하고
　내가 돌아
　버렸네.

[고범24_029]

정신승리

(둘 다 하세요)

물질승리도 하고

정신승리도 하고

LP)

언필칭 '정신승리'는 극단적인 자기 합리화다. 즉, 사안을 자신에게 유리하도록 무리하게 비틀어 보는 거다. 중국의 국민작가 루쉰의 대표작 『아큐정전』이 바로 이 주제를 다루고 있다. 그 소설의 영향인가? 거기 분들 뭐든 자기들이 원조란다(하긴, 중국이 원조인 게 많기는 하지). 정신승리를 천하에 몹쓸 습관처럼 말하는 사람이 있는데 필자의 생각은 다르다. 정신승리는 대단히 유용한 정신적 도구다. 예를 들어, 패배의 아픔에 대한 치료제로 가장 부작용이 작은 일종의 정신안정제다. 그래서 하는 말이다. 문제를 다룸에 있어서, 집중해야 할 부분 X만 빼고 나머지는 정신승리로 '퉁 치고' 넘어가는 게 좋다. 그래야 X를 제대로 다룰 수 있다. 즉, 내가 가진 모든 역량을 X에 집중시킬 수 있다. 세상에 좋기만 한 게 없듯 나쁘기만 한 것도 없다. 정신승리도 쓸모가 아주 없는 건 아니다.

[고범24_030]

백수

(청산에 벽계수라)
명월이가 없어도
쉬었다 가고
싶네.

LP)
물론 죽는 날까지
일하고 싶은 이도 있겠지만
언젠가는 공장이나 사무실을 나와서
맘 편하게 살고 싶은 사람이
압도적으로 많을 거다.

엄마가 뭐라든,
선생님이 뭐라든,
성경과 불경에서 뭐라든,
난 1년의 반은 백수로 살고 싶다.

단, 구질구질한 백수가 아니라
저 아름다운 호수 위를
그림처럼 오가는
백조 같은
백수로.

[고범24_031]

혁신

(죽는 놈도 많다)

굳이

바꿔서

LP)

요즘 유행처럼 너도나도 '바꾸자' 고 말한다. 맞다. 바꿀 때가 되면 바꿔야 한다. 그렇다고 바꾸면 산다는 뜻은 아니다. 바꾼 놈들 중 일부만 산다. 물론, 바꿀 때가 됐는데 안 바꾸면 죽는다. 예를 들어, 겨울이 왔는데도 동복으로 갈아입지 않으면 죽는다. 얼어 죽는다. 그럼, 동복으로 갈아입으면 사는가? 아니다. 추위로는 죽지 않겠지만 다른 이유로 죽을 수 있다. 어차피 지구의 자원은 유한하고, 인간을 포함한 모든 생명체는 과도하게 번식한다. 이런 환경에서는 경쟁에서 이긴 소수가 살아남는 게 지극히 정상이다. 내가 회사원일 때 우리 과의 업무 처리 스타일은 크게 A형과 B형이 있었다. 근데, 새 과장이 부임할 때마다 '혁신한다면서' 바꼈다(A형에서 B형으로 혹은 그 반대로). 그렇지 않나? 현재 있는 곳이 천국이고 낙원이라면 왜 바꿔야 하지? 대체 혁신이 왜 필요하다는 거지? 가끔 이런 의문이 든다. 노키아가 혁신을 했다면 애플을 이겼을까? 스티브 잡스가 졌을까?

[고범24_032]

나팔꽃

금방
울 듯한
꽃

LP)
　나팔꽃은
여린 꽃이다.
그냥 보는 꽃이다.
꺾자마자 시들기 때문에
꺾어서 옮기는 건 불가능하다.
나팔꽃은 바로 그런
연약함 때문에
사람 손을 타지 않는다.
마음이 이슬처럼 맑은 사람만이
나팔꽃의 깊은 속삭임을 들을 수 있다.
순수無瞋한 영혼의 이야기 말이다.
나팔을 닮았다고 나팔꽃이라니!
참으로 미려한 꽃에 붙은
경박한 이름이다.

[고범24_033]

42

원칙과 규칙

유연성으로 날아서
일관성으로
쏜다.

LP)

안정된 사회는 매뉴얼로 돌아간다. 모든 매뉴얼은 원칙과 규칙으로 구성된다. 원칙은 어떤 상황에서도 지켜야 하는 룰(rule)이고 규칙은 상황에 따라 바꾸는 룰이다. 여기서 원칙은 '일관성'을 상징하고 규칙은 '유연성'을 상징한다. 원칙은 우리 몸의 뼈에 대응하고, 규칙은 살에 대응한다. 상대적으로 그 수가 적다는 점에서 그리고 함부로 바꿀 수 없다는 점에서 원칙이 더 중요하다(물론 규칙도 중요하다). 분야에 따라 추구하는 지점이 다를 수 있다. 예를 들어, 과학은 일관성을 추구한다. 예술은 유연성을 추구한다. 종교는 일관성의 정점에 위치한다(심지어는 수학 교과서도 바뀌지만 바이블이 바뀌는 경우는 없다). 개인만 그런 게 아니라, 회사나 정당이나 국가도 원칙과 규칙이 명징해야 한다. 우리나라의 정당은 이 점에서 비판받을 여지가 있다. 예를 들어, 진보 측의 '내로남불'은 일관성 부족에서 오는 것이고 보수 측의 '수구꼴통'은 유연성 부족에서 오는 거다.

[고범24_034]

43

꿈

꿈이 돈보다 좋다. 꾸고 나서 안 갚아도 되거든.
꿈이 임보다 좋다. 깨고 나서 안 울어도 되거든.
꿈이 神보다 좋다. 안 믿어도 지옥에 안 가거든.

LP)
　꿈을 통제하는 일이
　머지않아 가능해진다고 한다.

　이제 우리가 원할 경우엔 언제라도
　현실에서는 감히 상상조차도 할 수 없는
　뭔가 짜릿하고 불량한(?) 모험을
　시도해 볼 수 있을 거다.
　꿈속에서 말이다.

　하나 이런 짓거리를 너무 자주 하다가는
　가상과 현실이 마구 뒤섞일 수도 있으며 이 경우
　정말로 끔찍한 일이 생길 수도 있다.

　핵과 유전자와 가상공간은
　함부로 만지는 게
　아닙니다.

　[고범24_035]

새것

(두꺼비가 바보니?)

헌집 받고
새집 주게?

LP)

그렇지 않나? 사람 사는 재미 중 으뜸이 새로운 세계의 경험이다(태어나서 3년 정도의 경험이 가장 극적일 거다. 눈에 보이는 모든 게 새롭잖아). 일찍이 새로운 세계를 제시한 천재는 많다. 과학에선 진화론, 상대성이론, 양자역학, DNA 모델, 지동설 등이 있다. 수학에선 집합론, 그래프 이론, 불완전성 정리 등이 있다. 철학에선 실존주의, 구조주의, 음양오행설 등이 있다. 정치에선 자본주의와 공산주의가 있다(우리 북쪽의 주체사상도 새로운 세계를 보여 주기는 하지). 영화에서는 〈아바타〉, 〈매트릭스〉, 〈어벤져스〉, 〈반지의 제왕〉 등이 있다. 특히 매트릭스에서 보여 주는 신세계는 정말 쇼킹하다. 새로운 세계를 열어 준다는 점에서는 공산품도 한몫을 제대로 한다. 스마트폰이 대표적이다. 오늘날 첨단과학과 기술혁명으로 전혀 다른 차원의 신세계가 열리고 있다. 예를 들어, AI, DNA 편집, 나노 기술 등이 열어주는 신세계는 너무 과격해서 기대보다는 불안이 앞선다.

[고범24_036]

결빙균형

(얼어붙은 균형은)

폭주보다
위험하다.

LP)
　대대적인 혁신이 아니면
　성능 변화가 불가능한 상태를
　'결빙균형' 이라고
　한다.

　결빙균형에는 구심력만 있다.

　일본은 결빙균형이다.
　북조선도 결빙균형에 가깝다.
　유럽제국은 대체로
　결빙균형에
　있다.

　불행인지 다행인지 몰라도,
　대한민국은 단 한 번도
　결빙균형 근처에
　가 본 적이
　없다.

　[고범24_037]

비판

(있는 게 낫습니다)
비판을 위한
비판도

LP)

논문은 기본적으로 비판의 속성을 갖는다. 즉, 비판할 게 없으면 논문도 없다. 지동설도 진화론도 상대성이론도 기존 학설에 대한 비판에서 출발한 거다. 크게 3단계를 따른다. 첫째, 기존 이론이 틀렸다고 가정한다. 둘째, 어떻게든 시빗거리를 찾는다. 셋째, 나름의 대안을 제시한다. 한 사람의 학자로서, 나는 습관처럼 시비를 건다. 완벽해 보이는 대상에서도 기어코 시빗거리를 찾아낸다. 다행히도 시빗거리는 어디에나 있다(현실 세계에 완벽은 없거든). 이처럼 학문의 세계에선 까거나 까이는 능력이 알파요 오메가다. 깔 줄 모르면? 창조 못한다. 논문 못 쓴다. 서로 열심히 까고 까인다는 점에서는 정치가도 비슷하다. 근데, 결정적으로 다른 점이 있다. 학자들은 격렬한 논쟁 끝에 하나의 결론에 이르는데(늘 그런 건 아니다), 정치가들은 여간해선 합의에 도달하지 못한다. 아마 원하는 게 서로 다르기 때문일 거다. 학자는 진실을 원하고 정치가는 정권을 원하잖아.

[고범24_038]

바람

(바람이 바람에)

날
린
다.

LP)

나는 때로

바람처럼 살고 싶다.

나는 때로 미풍처럼 조용히 살고 싶다.

나는 때로 폭풍처럼 세상을 흔들며 살고 싶다.

나는 때로 태풍처럼 세상을 통째로

들어 엎으면서 살고 싶다.

하여 나는 때때로

처마를 스치는 갈바람처럼

스산하게 살고 싶다.

一陣狂風같은

한세월!

산불처럼 타오르다

한 줌 바람이

되련다.

[고범24_039]

48

이상해도 너무 이상해

(지구, 생명, 인간)

그리고

❤

LP)

첫째, 우주가 아무리 변화무쌍하다고 해도 지구는 정말 이색적이다. 일테면, 태양과의 거리, 토양, 중력, 대기층 등이 지금처럼 즉, 생명 탄생에 최적의 환경으로 형성될 확률은 매우 낮다. 둘째, 생명이라는 게 최적의 환경이 갖춰졌다고 무조건 탄생하는 건 아니다. 확률로 말하면 거의 0%다. 그야말로 우연히 복제가 가능한 한 개의 단세포가 만들어진 거다. 그로부터 수십 억 년의 진화가 시작되었고, 결국 오늘의 생태계를 이룬 거다. 셋째, 설사 그렇게 생명이 탄생했다고 해도, 그중 일부가 이렇게 오묘한 지적 생명체 즉, 인간으로 진화했다는 게 정말 신기하다. 넷째, 설사 인간이 고도의 지성을 발휘했다고 해도, 생존과는 관련이 거의 없어 보이는(때로는 역행하는) 사랑의 감정을 갖게 된 게 진짜 놀랍다. 동물에게는 없는 '순수한 사랑' 말이다. 하여, 이 네 가지 즉, 〈지구와 생명과 인간과 사랑〉은 正常과는 거리가 한참 멀다. 창조론을 믿건 말건, 이 넷은 엉뚱해도 너무 엉뚱하다.

[고범24_040]

실연

(임은 떠나고)
잠시 머물다
나도 떠난다.

LP)

실연은
대개 가을에 당한다.
원래 찬바람이 불면 제정신이 들거든.
울지 마라. 그렇게 가는 거다.
사랑도, 인생도, 세월도
그렇게 가는 거다.
울지 마라.
뼈아픈 실연도
성장의 한 과정이다.
사람 사는 게 만만치가 않으니,
모진 <실연>을 당해 봐야
모진 <시련>들을
이겨 낸다.

[고범24_041]

설정

(설정이야말로)

실재하는

마법사다.

LP)

정원이 7명인 등산 모임을 만든 적이 있다. 한데, 매번 네 명만 참석했다. 이렇게 불성실한 모임을 계속해야 하는지 갈등이 생겼다. 열심히 참여하는 사람들만 바보가 된 것 같았다. 고심 끝에 모임에 대한 설정을 바꾸기로 결심했다. 정원이 '7명인 모임'이 아니라 '4명인 모임(3명은 준회원)'으로 말이다. 그랬더니 놀랍게도 모임에 대한 느낌이 180도 달라졌다. 즉, 지극히 '비정상적인' 모임에서 지극히 '정상적인' 모임으로 말이다(회원 모두가 참여하는 성실한 모임으로 말이다). 그 후로는 모임이 즐거워졌다. 어느 날 이혼 위기에 처한 후배가 찾아와서 조언을 구했다. 해서, 결혼에 대한 설정을 바꿔 보라고 충고했다. 즉, 뜨거운 '사랑의 결합'에서 차가운 '동업자 결합'으로 말이다(2세를 키우는 동업자 말이다). 후배는 만족했고 결말은 해피엔드였다. 잊지 마시라. "설정이 마법사다." 숙녀와 신사 여러분! 난제와 만나면 설정부터 바꿔 보세요.

[고범24_042]

유언

(대충 살았으니)
　　대충
　　죽으렵니다.

LP)
　　구름은
　　대충 왔다
　　대충 간다.

　　강물도
　　대충 왔다
　　대충 간다.

　　나도 이승에
　　대충 왔으니

　　구름 따라
　　강물 따라

　　대충 머물다
　　대충 가련다.

　　[고범24_043]

신동

(모든 어린이는)
평범하게 살
권리가 있다.

LP)

신동은 결정적으로 세 가지 약점이 있다. 첫째, 신동은 좋은 것을 받아들이는 능력만 탁월한 게 아니다. 마약, 도박, 허무 등 나쁜 것을 받아들이는 능력 또한 탁월하다. 자칫, 타락이나 염세주의에 빠져들기도 쉽다는 뜻이다. 둘째, 현재는 남들보다 탁월해 보이지만 시간이 갈수록 그 차이는 줄어든다. 왜냐하면 인간 능력이란 게 어느 임계점을 지나면 포화하기 때문이다. 셋째, 신동의 삶은 비가역적이다. 즉, 일단 신동으로 등극(?)하면 나중에 평범한 삶으로 돌아가는 게 어렵다. 아니, 사실상 불가능에 가깝다. 결론적으로 신동의 삶은 모(영광) 아니면 도(좌절)다. 문제는 도일 확률이 더 크다는 점이다. 예를 들어, 신동이 '천재 어른'으로 성장하는 경우는 많지 않다(통계적으로 그렇다). 자식이 신동이라면 정말 축하한다. 하나 어릴 때 영재 유학을 보내는 문제는 신중하게 다뤄야 한다(보내지 말라는 얘기가 아니다). 원하는 게 자식의 성공이 아니라 행복이라면 더 그렇다.

[고범24_044]

엄마

엄마를 미분하면 꽃이 되고,
엄마를 적분하면 은하수가 되고,
엄마를 나누고 곱하면 드라마가 되고,
엄마를 선형으로 무한정 확대하면
그 끝이 神에 닿는다.

LP)
소녀가
사랑을 만나면
해탈해서 엄마가 된다.
엄마가 묵으면 아줌마가 되는데,
아줌마는 바위처럼 강하고 사자처럼 용맹하다.
아줌마는 모든 이벤트와 흥미의 원천이며
그 자체가 한편의 멋진 드라마이다.
그런 아줌마도 나이를 먹으면
등등했던 기세도 빠지고
다시 엄마가 된다.
엄마는 평생
좁은 길을 만든다.
엄마의 길은 계속 자라서
그 끝이 언젠가는
神에 닿는다.

[고범24_045]

54

창조

(창조하기보다)
창조한 걸
사라.

LP)

많은 사람이 창조의 중요성을 말하지만 실제로 창조가 환영받는 경우는 드물다. 이런 배타성의 이면에는 강력한 '유전적 심리'가 숨어 있다. 바로 창조에 대한 본능적 거부감 말이다. 즉, 사람은 본능적으로 창조를 두려워한다. 모든 창조는 변화를 부르기 때문이다(특히 야생에서의 변화는 '많은 경우' 위험을 의미한다). 맞다. 인간이 이룩한 문명은 창조의 힘이다. 수많은 창조자의 헌신이 없었다면 오늘의 문명은 없을 거다. 이한데, 창조에 대한 이 모순적 태도의 이유가 뭘까. 환영하면서 거부하는 심리 말이다. 알고 보면 쉬운 얘기다. 한 개인의 창조적 태도는 집단의 생존에 유리하지만, 본인의 생존에는 불리하다(문명 이전의 시대에는 더 그랬다). 예를 들어, 처음 보는 버섯을 먹고 죽는 사람이 있어야 남은 사람들이 조심한다. 창조의 화신 마리 퀴리는 원자력 이용의 문을 열었지만, 본인은 방사능 중독으로 사망했다. 제 아시겠는가? 창조가 갖는 이 끔찍한 이중성을.

[고범24_046]

자갈

(빗방울이)

> 개구리
> 이마를
> 때린다.

LP)

> 임이여! 우리,
> 無我의 자갈이 되자.
> 물을 만나면 물에 씻기우고,
> 바람과 만나면 바람에 굴리우고,
> 어느 봄날 눈빛 깊은 소녀와 만나면
> 정성으로 쌓여서 뾰족탑이 되자.
> 눈이 내리면 눈을 담고,
> 낙엽이 내리면 낙엽을 담고,
> 별들이 내리면 샛별을 골라 담자.
> 먼 훗날 그리고 더 먼 훗날
> 지조 없는 슬픔들이
> 나비처럼 날면,
> 오! 임이여, 우리는
> 함께 소리하는 자갈이 되자.
> 작고 단단한 無碍가
> 되자꾸나.

[고범24_047]

전쟁

(재미있는)

지

옥

LP)

전쟁에서 이기려면 크게 8단계 체크가 필요하다. 일단 나와 적에 대해서 '정확한 레벨 체크'가 중요하다. 첫째, 나의 '기술(싸움 기술)' 레벨은 얼마인가? 둘째, 나의 '정보' 레벨은 얼마인가? 셋째, 나의 '근성' 레벨은 얼마인가? 넷째, 나의 '자원' 레벨은 얼마인가? 다섯째, 나의 '전략' 레벨은 얼마인가? 즉, 기술, 정보, 근성, 자원, 전략 중 하나라도 부실하면 이기기 어렵다. 전투력은 이상 5가지 요소의 합으로 정의된다. 하여 전투력에서 앞선다면 싸울 준비는 된 거다. 이제 세 가지를 더 체크해야 한다. 첫째, 전쟁의 명분이 있어야 한다. 둘째, 타이밍이 맞아야 한다. 셋째, 언필칭 초월자(보통은 '신')의 승인을 받아야 한다. 승인 여부는 전쟁 결정권자에게 느낌으로 전달된다. 하늘의 뜻이 내게 있다는 확신 같은 거 말이다. 일본의 미국 공격은 실패로 끝났다. 천하의 미국도 월남에서 패배했다. 러시아는 지금 우크라이나에서 고전 중이다. 세 경우 모두 8단계 체크를 제대로 했더라면 하는 아쉬움이 남는다.

[고범24_048]

통일 대박

(우리의 소원은)

통일인가?

대박인가?

LP)

온난화 덕인지

겨울에도 춥지 않다.

그런데 날씨가 따뜻해지면

몸과 마음이 활짝 펴져야 하는데,

세상 사람들의 언행이 위축되고 있다.

옛날 제국의 황제들은 조공을 받는 대가로

받은 조공보다 훨씬 많은 선물을 주었다고 한다.

반면, 요즘 방귀깨나 뀐다는 나라의 지도자들이 정말

쩨쩨하고 쪼잔하게 놀고 있다. 그런 가운데,

온갖 어려움 속의 단군 후손들은

대체 뭘 믿고 그러는 건지

의연하고 당당하다.

의연하고 당당하게

통일 대박도

오려나?

[고범24_049]

꿈과 목표

(꿈은 눈으로 잡고)

목표는 손으로

잡는다.

LP)

흔히들 꿈과 목표를 착각한다. 비슷해 보이지만 분명한 차이점이 있다. 즉, 꿈은 형이상학적 개념이고 목표는 형이하학적 개념이다. 일반적으로 목표는 구체적이면서 가시적이다. 반면, 꿈은 추상적이면서 모호하다. 꿈과 목표는 용도부터 다르다. 첫째, 꿈의 용도는 그것으로 가는 방향 즉, 지향점을 결정하는 '추상적인 그 무엇' 이다. 둘째, 목표는 도달하고 달성해야 하는 '구체적인 그 무엇' 이다. 꿈과 목표는 어느 정도 보완적이다. 일테면, 세부 목표가 따라 주지 않는 꿈은 허무하고, 꿈이 받쳐 주지 않는 목표는 시시하다. 꿈은 밤하늘의 별과 같은 것이어서, 멀리서 바라볼 때 아름답다. 하니, 꿈과는 적정한 거리를 유지하는 게 좋아 보인다. 바둑에서 프로 기사들은 평생 두 가지를 추구한다. 일테면, 〈명인 타이틀〉에 오르는 일과 〈신의 한 수〉를 찾는 일이다. 여기서 전자는 목표고 후자는 꿈이다. 당신의 꿈과 목표는 무엇인가. 둘 중 하나도 없다면 그건 좀 그렇다.

[고범24_050]

제비꽃

(제비를 닮았나?)

잽

싸

네

LP)

꽃도

살아남으려면

강하거나 끈질기거나

깡다구라도 있어야 한다.

제비꽃은 그런 게 없는 대신에

타이밍과 뛰어난 스피드로 경쟁한다.

즉, 남들이 아직도 겨울잠에 빠져 있을 때

재빨리 성장하여 꽃을 피우고 벌 나비를 끌어들인다.

머지않아서 크고 강한 풀들이 제비꽃을 덮치지만

제비꽃은 느긋하다(이미 열매가 맺혀 있거든).

제비꽃은 성실과 겸손을 상징한다는데,

별로 그런 이미지는 아니다.

겉보기보다는 상당히

영리한 꽃이다.

[고범24_051]

적

(누구야?)

우리의 진짜
적이

LP)

삼국시대 이래, 중화사상의 그 중국(漢족의 나라)이 한 반도를 침략한 적은 없다. 수나라의 고구려 침략은 침략이라고 부르기가 좀 그렇다. 실제로 싸움을 건 쪽은 수가 아니라 고구려였거든. 고구려와 백제를 멸망시킨 주체도 신당 연합으로 봐야 한다. 6.25는 한 마디로 소련 중심의 공산주의 세력과 미국 중심의 민주주의 세력 간의 국제전이다. 하여, 우리가 중국의 식민지였던 시대는 없다. 물론 우리 쪽에서 사대한 건 맞다. 하지만 말이 좋아 사대지, 우리 쪽이 얻은 게 더 많다는 견해도 있다. 결론적으로 우리를 침략한 놈들은 대부분 오랑캐다. 여진, 거란, 일본, 몽골 말이다(오랑캐라는 말에 너무 민감하게 반응할 거 없다. 이 용어는 중국식의 '정신승리'에 다름 아니다). 우리 5000년 역사에서 중국과의 사이는 지금이 가장 멀지 싶다(뭐, 특별히 가까웠던 적은 없었지만). 한 가지는 확실하다. 길게 보고 크게 보면, 한·중·일 삼국이 반목해서 좋을 건 없다.

[고범24_052]

감사 인사

(빈말이 아니라)
정말
고맙습니다.

LP)

첫째, 예수님 고맙습니다.
회개하면 다 용서해 주신다니 기쁩니다.
그죠? 죄 좀 지으며 살아도
괜찮다는 뜻이지요?
둘째, 부처님 고맙습니다.
모든 게 업보라니 마음이 편합니다.
누군가를 원망할 이유가 전혀 없는 거네요.
그런데요? 제가 버린 사람 말입니다.
제 잘못이 아니라, 그분의
업보인 거 맞지요?
셋째, 공자님 고맙습니다.
양심껏 살면 된다니 마음이 놓입니다.
양심껏 살면 먹고살게는
해 준다는 거지요?
저 같이 못난
놈도요.

[고범24_053]

어른

(자립은 의무입니다)

효도는 하면

좋고.

LP)

나이가 20이면 성인이다. 어른이라는 얘기다. 어른은 성인으로서의 책임과 권리를 갖는다. 첫째, 혼자의 힘으로 먹고살아야 하는 게 책임이다. 둘째, 길러준 부모를 완전히(?) 떠나도 되는 게 권리이다. 이 시점에서 분명히 해 둘 게 있다. 자식을 낳았으면 성인이 될 때까지 키워 주고 돌봐 주는 게 부모로서의 의무다. 이건 토끼나 붕어도 알고 있는 초 글로벌 상식이다. 단, 20세 이후엔 '권리와 책임의 측면에서' 모든 관계가 공식적으로 끝난다. 이것이 부모와 자식 간에 성립하는 소위 '현대적 의미의 도덕률' 이다. 이에 대해 거부감을 느끼는 이도 있겠지만, 우리가 원하든 말든, 시대는 그쪽으로 가고 있다(그것도 예상보다 빠르게 가고 있다). 재론하거니와, 성인이 된 자식과 그 부모는 서로에게 어떤 권리나 책임도 주장하거나 요구할 수 없다. 즉, 부모와 자식 피차간에 **간섭하거나 간섭당할 이유가** 1도(아니, 1은 좀 그렇고) 2도 없다는 얘기다.

[고범24_054]

민폐

(초겨울 하나 남은 나뭇잎)
어이,
자네 거기서 혼자
뭐 하나?

LP)
 첫째, 남들과 엇비슷하게 살면
Good이다.

 둘째, 남들보다 조금 오래 살면
Very
Good이다.

 셋째, 남들보다 많이 오래 살면
당연히 Bad은 아니고,
그렇다고 Good도
아니다.

다만,
남들에게
민폐인 점은
있다.

[고범24_055]

개망신

(다들 모르시던데)
잡스도
여러 번 당했어요.
개망신

LP)

개망신은 변덕스러운 개와 같다. 언제 덤벼들지 모른다는 뜻이다. 그렇다고 너무 두려워할 건 아니다. 대박과 개망신은 동전의 양면이다. 한쪽이 있어야 다른 쪽도 있다는 말이다. 해서 말인데, 개망신은 대박의 전조일 수 있다. 즉, 우리 삶에서 개망신이 사라졌다는 건 대단한 성공 역시 멀어졌다는 뜻이다. 물론 개망신이 신나는 일은 아니다. 하지만 최악의 경우에도 개망신의 가치가 0은 아니다. 개망신 자체가 뭔가를 시도했다는 뜻이기 때문이다. 사실, 개망신도 쉽지는 않다. 일테면, 생쥐가 사자에게 개망신당할 수 있겠는가? 개망신에도 일정한 자격과 노력이 필요하다는 얘기다(어쩌면 용기도). 최근 실패지수를 높이자는 움직임이 있다. 국가의 도전지수가 실패지수에 의해 측정될 수 있기 때문이다. 맞다. 실패의 최고봉이 개망신이다. 진짜로 치욕적인 개망신이 뭔지 아시는가? 바로 개망신이 전혀 없는 삶이다.

[고범24_056]

우주

(무한을 품고 있는)

유
한

LP)

　서양보다는 주로

　동양에서 하는 얘기인데,

　우주는 삼라만상을 포괄하지만

　동시에 만물 안에 우주가 들어 있다고 한다.

　즉, 이슬 안에도 곤충 속에도 우주가 있다는 거다.

　한방에서는 인간의 몸도 하나의 우주로 본다.

　논리적으로는 전체가 부분을 포함하고

　동시에 부분이 전체를 포함한다는

　뭐, 대충 그런 얘기 같은데,

　진짜 우주가 들으면

　동의하려나?

　이제는 모기들이 물어도

　가만히 있어야겠네요.

　어떻게 우주를

　때려잡아요.

[고범24_057]

부동산

(사용해야)

내
거
다

LP)

장부상의 부동산은 의미 없다. 실제로 내가 사용하는 공간이 내 부동산이다. 누가 부동산 부자인가? 다양한 공간을 누리는 사람이다. 나는 부동산 부자다. 사실, 법적 부동산은 별게 없다. 32평 아파트와 아담한 텃밭이 전부다. 그 대신 다른 부동산이 있다. 첫째, 주말마다 다니는 멋진 산들이 있다. 둘째, 날마다 다니는 산책길도 있다(꽃도 피고 새도 운다). 잘 가는 맛집과 카페도 여러 개 있다. 모두 근사한 공간이다. 나는 여러 종류의 컴퓨터를 사용한다. 데스크톱, 노트북, 태블릿, 스마트폰 등이다. 이들 각각이 제공하는 공간의 특성과 매력이 다르다. 나는 두 개의 독서 모임에 나간다. 책 속엔 수많은 이야기 공간이 있다. 나는 열심히 글도 쓴다. 글쓰기 과정에서 나는 상상의 세계를 날아다닌다(그 공간은 화려하고 넓다). 그리고 나는 사랑하는 사람과의 좋은 추억이 있다. 사탕처럼 달콤한 추억 공간이다. 어떤가. 이 정도면 공간 부자 아닌가? 재벌은 아니지만, 나름 부동산 부자 아닌가?

[고범24_058]

클로버

더 비정상일수록
더 사랑받는
풀.

LP)

한국인은 '4' 자를 싫어한다.
병원에도 4층이 있지만 사 층(?)은 없다.
한자의 죽을 사(死) 자가 연상되기 때문이란다.
나는 사랑, 사연 혹은 사슴 같은 단어들이
연상되는데, 이거 내가 이상한 건가?
이런 <4>의 자존심을 살려 준 게
행운의 네잎 클로버이다.
필자는 4를 좋아한다.
자동차를 타도 4명이 편하고,
식당에서도 4명이 적당하다.
우리 식구가 딱 넷인데,
남자인 나 하나에
아리따운(?)
여인이
셋.

[고범24_059]

땀

(망하는 나라의 공통점은)

"NO 땀"

LP)

망하는 나라는 대개 뚜렷한 징조를 보인다. 한마디로, 쉽게 돈 버는 사람이 어렵게 '땀 흘려' 돈 버는 사람보다 많아진다. 즉, 생산적이지 않은 일로 돈 버는 사람이 많다는 얘기다. 역사가 생생하게 보여 준다. 대서양 건너 신대륙에서 은이 무진장 들어오던 어떤 나라가 그렇게 망했다. 그런 나라에서 누가 땀 흘려 일하고 싶겠는가? 온 국민이 석유 팔아서 신나게 나눠 먹던 어떤 나라가 그렇게 망했다. 그런 나라에서 누가 땀 흘려 일하고 싶겠는가? 증권과 부동산 투기가 만연했던 어떤 나라가 그렇게 망했다. 그런 나라에서 누가 땀 흘려 일하고 싶겠는가? 지금 우리의 주변 상황이 결코 녹록지 않다. 한순간의 방심이나 자만도 금물이다. 중국과 일본은 물론이고, 죽마고우(?) 미국도 대한민국을 위해 존재하는 나라가 아니다. 해서 '육체적 의미로든 정신적 의미로든' 땀 흘려서 돈 버는 사람이 많아져야 한다. 그런 나라로 가야 한다. 아님, 우리나라 또 망한다.

[고범24_060]

나방이

밤이면 방방 뜨는
방이, 방이, 불-나방이
태초의 빛을 찾는,
원시의 꿈을
쫓는.

LP)

나방이는
쫓겨난 천사일까?
비밀을 깊이 감춘 밤의 낭인,
그의 거친 날갯짓 속엔
태초의 빛을 향한
슬픈 열정이
타오른다.
그토록 오래 숨겨 온
비정의 無色
연민.

[고범24_061]

완벽주의

(완벽은)

완벽한 단어가
아니다.

LP)

완벽주의는 전성기가 한참 지난 단어다. 지금처럼 변화무쌍한 시대에는 완벽이라는 단어 자체가 정의되기 어렵다. 하니 적정한 수준에서 마무리해야 한다. 예를 들어, 회사가 새로운 제품을 런칭했을 때 약간의 하자라도 드러나야 한다. 그게 정상인 거다. 그래서 하는 말이다. 완벽하다는 평가는 칭찬이 아니다. 런칭이 너무 늦었다는 말일 수 있다. 시기를 놓쳤다는 얘기일 수 있다는 거다. 완벽하다는 게 무슨 뜻인가. 에러가 없다는 뜻이다. 그러나 에러가 없다는 게 최고라는 뜻은 아니다(No error ≠ Best). 사실, 완벽한 노력에서 명품이 나오는 경우는 별로 없다. 명품은 '적절한 노력으로 적절한 제품을 꾸준히 내놓을 때' 우연찮게 출현한다. 역설적이게도 '종합 1등'의 적은 '개별 1등'이다. 1등을 모아서 '종합 1등'이 되기는 어렵다는 말이다(1등의 이점도 있지만 그 이상으로 견제도 있거든). 해서, 2등, 3등, 4등을 꾸준히 모아서 종합 1등을 노리는 게 현실적이다.

[고범24_062]

71

청구서

(지구 끝까지 날아온다)

바람이 없어도,
날개가 없어도.

LP)

싫은 놈을 내쫓으면 꼭
좋은 놈 하나를 끌고 나간다.
안 좋은 습관을 부지런히 고치면
유익한 습관 중 하나도 함께 사라진다.
100을 따면 '다른 한쪽에서는' 100이 날아간다.
우주는 균형을 좋아한다는 얘기가 있는데,
오래 살아 보니 정말 그런 거 같다.
하니 신나는 일이 생겼다고
너무 좋아하지 마시라.
언제든 청구서가 날아올 거다.
그것이 백 년 후가 될지
내일이 될지는
모르지만.

[고범24_063]

세 가지 기술

(진짜 보석은 늘)

작은

상자 안에

있다.

LP)

가치 있는 삶을 살아가기 위해 크게 세 가지 기술이
필요하다. 첫째는 작은 것에서 **'의미를 찾아내는 기
술'** 이다. 둘째는 작은 것에서 **'재미를 찾아내는 기
술'** 이다. 셋째는 작은 것에서 **'감사를 찾아내는 기
술'** 이다. 셋 다 작은 것에서 뭔가를 찾아내는 기술이
다. 이 세 가지 기술을 현실에 적용하면 반드시 보상
이 따른다. 첫째, 정치에 적용하면 표가 나온다. 둘
째, 경제에 적용하면 돈이 나온다. 셋째, 문화에 적용
하면 명품과 명작이 나온다. 마지막으로 이게 가장 중
요한데, 일상의 삶에 적용하면 행복이 나온다. **이 세
가지야말로 세상에서 가장 유용하고 또 고귀한 기술이
다. 문제는 지나친 욕심이다. 지나친 욕심은 마음을 무
겁게 만든다.** 아시겠지만, 무거운 마음에선 의미도 재미
도 감사도 꼬리를 감춘다. 다른 것도 그렇지만, '진정
으로 고귀한 기술' 은 몸과 마음이 가벼워야 배울 수 있
다.

[고범24_064]

커피

(음악과 키스와)

커
피

LP)

눈 쌓인
老松 밑에서
뜨거운 커피 한 잔을
마실 수가
있어서

이승에서의
삶이

나는
진정
좋았어라.

나는
진정
행복하였네라.

[고범24_065]

삶의 지향점

적절한 물질적 풍요

+

풍부한 정신적 풍요

LP)

더도 덜도 말고, 세속적 성공은 세속적 성공 그대로 평
가해야 한다. 즉, 세속적 성공 역시 '땀과 노력'의 결
과이므로 그 점에 대해서는 손뼉을 쳐 줘야 한다. 하지
만 거기까지다. 분명히 말하지만, 이것이 가치의 문제
는 아니다. 즉, 인간의 가치나 삶의 가치를 '돈, 명예,
권력, 지위' 같은 세속적 성공으로 재단할 수는 없다는
거다. 진짜로 중요한 건 그 사람이 평소 '어떤 생각을
하고 또 어떤 행동을 하면서 사는지'이다. 즉, 인간의
가치와 삶의 가치는 일상에서 구체적으로 보여 주는 삶
의 '미학과 선의 그리고 고결성과 진정성'으로 평가되
어야 한다는 거다. 아닌가? 가난한 농부도 가난한 어부
도 충분히 훌륭한 삶을 살아갈 수 있다. 소위 세속적
성공으로 삶의 가치를 평가하는 건 전형적인 후진국 양
태다. 이제 우리도 그런 삼류 문화에서 벗어날 때가 됐
다고 생각한다. 우리가 왜 4대 성인을 숭배하는가? 그
들이 얻은 돈, 명예, 권력, 지위 때문은 아니지 않은
가?

[고범24_066]

추억

(어느 날 돌아보니)
비었네,
텅.

LP)
돈은 중요한 자산이다.
젊을 때 돈을 많이 벌어야 한다.
그래야 늙어서 그거 까먹으며 살 수 있다.
돈 못지않게 중요한 자산이 또 하나가 있는데,
바로 추억이라는 이름의 자산이다.
사람은 평생 둘 중의 하나를 하며 산다.
즉, 추억을 만들거나 만든 추억들을 소비한다.
그러므로 젊었을 때 추억을 부지런히 만들어야 한다.
그래야 늙었을 때 그거 까먹으며 살 수 있다.
돈은 너무 많으면 동티가 날 수 있지만
추억은 많으면 많을수록 더 좋다.
물론 개떡 같은 추억 말고,
찰떡같은 추억 말이다.

[고범24_067]

공화국

자연은 순수를 싫어하고
공화는 유일을 싫어한다.

LP)

종교와 이념과 문화는 논리보다는 믿음이나 관습의 문제로 봐야 한다. 해서, 이들 간에 근본적 우열은 없다. 기껏해야 공리계 관점에서의 우열이 존재할 뿐이다. 즉, 무모순성(논리적 일치 여부), 완전성(주장이 커버하는 범주), 독립성(주장의 중복 정도) 등에 의한 우열 말이다. 우리나라에도 기독교와 불교가 있고, 진보와 보수가 있고, 세대 간에 현격한 문화 차이가 있다. 헌법에 명시되어 있듯이, 대한민국은 민주공화국이다. 여기서 '共和'는 조화와 화합을 의미한다. 이론적으로도 실제로도, 공화주의가 가능하기 위해서는 한 가지 '절대 금기'가 요구된다. "나만 유일하게 옳다"는 생각 말이다. 아닌가? 이게 용인되면 시스템 전체가 무너진다. 국론 분열이 일상인 프랑스가 강국의 지위를 유지하는 이유가 무엇인가? 바로 이 금기가 살아있기 때문이다. 그러므로 이 금기를 깨는 종교와 이념과 문화는 당장 퇴출되어야 한다. 아니면 대한민국 헌법의 첫 줄을 바꿔야 한다. 이렇게 말이다. "대한민국은 '민주는 몰라도' 공화국은 아니다."

[고범24_068]

77

물아 너 정체가 뭐니?

높은 하늘에 떠 있으니 희망이냐?
낮은 땅 위를 넘쳐흐르니 열정이냐?
바다에 모여서 바위를 때리니 저항이냐?
아니면 궂은비로 내리니
슬픔인 거니?

LP)

물의 구조를 보면
수소 두 개와 산소 한 개가
소위 공유결합 형태로 연결되어 있다.
바로 이 공유결합에서 물의 유연성이 나온다.
물이 있다는 것은 생명이 있다는 뜻이다.
혹간 '나를 물로 보느냐' 면서
화를 내는 사람이 있는데
화낼 일 전혀 아니다.
당신이 물로 보인다는 것은,
당신이 어디든 갈 수 있다는 뜻이고,
당신이 누구든 살릴 수가 있다는 뜻이고,
당신이 진실로 되고 싶다면
뭐든 될 수 있다는
뜻이다.

[고범24_069]

78

인연 복

(개든 사람이든)

인연 복이

최

고

LP)

용장은 덕장에게 지고, 덕장은 '福장' 에게 진다는 말
이 있다. 복은 태어날 때 받은 복과 살면서 만나는 복
으로 나뉜다. 후자 즉, '인연 복' 이 한 수 위다. 고
스톱을 쳐본 사람은 안다. 패가 아무리 잘 들어와도(타
고난 복이 짱이라도) 뒷장이 안 붙으면(인연 복이 꽝이
면) 남 좋은 일만 시킨다. 인연 복 중 최고는 '사람
복' 이다. 좋은 사람을 만나는 복 말이다. 크게 세 종
류의 사람을 만나야 한다. 스승과 친구와 파트너 말이
다. 첫째, 스승은 나를 이끌어 주는 사람이다. 스승이
있어야 중요한 고비에서 바른 판단을 내릴 수 있다. 둘
째, 친구는 언제라도 내 편에 서 주는 사람이다. 친구가
있어야 힘들 때 격려받을 수 있다. 셋째, 파트너는 이윤
을 거래하는 사람이다. 좋은 파트너가 있어야 부가 축
적되고 삶이 풍족해진다. 당연히, 세 역할을 동시에 해
주는 사람을 만나면 가장 좋다. 결혼을 잘해야 하는 이유
다.

[고범24_070]

누굴까

있으면 지겹고,
없으면 아쉽고,
떠나면 외롭고,
죽으면 서럽다.

LP)

글쎄,
누굴까요?
힌트 좀 드리자면,
개도 아니고,
고양이도 아니고,
스마트 TV나 자동차나
최신 로봇 청소기도 아니고요,
하느님이나 부처님도
물론 아닙니다.
예, 그럼요,
끝이 늘 안 좋은
우리 대통령도 아니지요.
아직도 모르겠으면 집에 가서
똑똑한 마누라에게
물어보셔요!

[고범24_071]

건강검진

(죽음으로서)
우리는 비로소
정상이 됩니다.

LP)

건강검진을 꺼리는 사람이 있다. 죽음에 대한 막연한 공포 때문이다. 인생 그렇게 사는 게 아니다. 두렵다고 자꾸 피하면 인생 더 고달파진다. 길게 보면 회피하는 삶보다 부딪치는 삶이 훨씬 편하다(행복이라는 관점에서도 그렇다). 그래서 말인데, 건강검진은 무조건 받아야 한다. 검진 결과는 셋 중 하나다. 첫째, 아무런 병도 없다. 그럼, 맘 편하게 살면 된다. 둘째, 병이 있긴 하지만 치료할 수 있다. 그럼 치료하면 된다. 셋째, 병이 있는데 치료할 수가 없다. 그럼 감수하면 된다. 감수하는 일이 3개월 후에 죽는 거라면 이렇게 하면 된다. 일단, 남은 3개월 동안 최선을 다해서 신나게 산다(가진 자원 모두 투자해서 말이다). 다음, 3개월이 지나면 우아하게 죽는다. 누구 말마따나, 죽기 딱 좋은 날에 말이다. 한평생 부대끼며 살다 보니 까먹은 거 같은데, 우리는 이승에 올 때 계약서에 사인하고 왔다. 언제든지 **부르면 간다**고 말이다.

[고범24_072]

81

4차 대전

(경애하는 염라대왕님!)

우리 쫌만 더

삽시다.

LP)

과학기술의 발전으로

무기의 파괴력도 성장합니다.

하여 패 죽이고 때려 부수는 실력도

문자 그대로 눈이 부시게 발전하고 있지요.

미래학자들의 고명한 의견에 따른다면 말입니다,

3차 대전에서 무슨 무기로 싸울지 모르지만,

4차 대전에선 돌도끼로 싸울 거랍니다.

그나마 멸종은 면한 건가요?

그런데 말입니다.

4차 대전에서 양쪽 군대의 합이

대체 몇 명이나 될지 그게 궁금합니다.

우리 딸 초등학교 운동회의

청군 백군 정도는

되려나?

[고범24_073]

질문과 답

좋은 질문은 칭찬받고
좋은 답은 돈을 받는다.

LP)

늘 그런 건 아니지만, 질문자는 질문만 하고 떵까떵까 논다. 제품을 만들기 위해서 밤새워 일하는 쪽은 언제 나 Solver 즉, 답을 내는 자다. 하지만 신제품이 나오면 공의 대부분이 질문자에게 돌아간다. 갈채도 훈장도 보 너스도 질문자의 몫이다. 아닌가? 사람들은 아이디어를 낸 스티브 잡스만 기억하지, 제품을 만들어낸 천재 개발 자 '워즈니악' 은 잘 모른다. 우리, 말은 바로 하자. 이 세상에 질문만으로 돈 버는 회사가 있는가? 사람들은 좋은 질문을 칭찬하지만, 그 사람에게 돈을 주지는 않 는다. 구매자는 질문이 아니라 답(즉, 제품)에 돈을 지불한다. 그럴 수밖에 없는 일이지만, 절대다수의 서민 들은 Solver 쪽에서 일한다. 질문 쪽은 소수의 수재들이 맡는다. 인정한다. 어떤 제품도 누군가의 질문에 의해서 시작되었다는 사실 말이다. 하지만 이것도 엄연한 사실 이다. '질문의 왕국' 인 미국도 '대답의 왕국' 인 중국 이 만드는 제품으로 하루하루를 살아간다는 사실 말이 다.

[고범24_074]

검은 눈

흰 눈과 함께
검은 눈도 좀 내리시지.
거기다 침도 뱉고
오줌도 싸게.

LP)
다양성은
갈등을 만들어 내고
갈등은 재미와 감동을 만든다.

종교에서는 유일신보다 다신교 쪽이
문제 풀이에서는 단일 解보다 다중 解 쪽이
국가로는 단일민족 국가보다 다민족 국가 쪽이
더 많은 갈등과 모순을 만들어 내지만,
그만큼 감동과 재미도
생겨난다.

미국은
왜 강한가?
모여드는 인재와
다양성 덕
이다.

[고범24_075]

성공과 출세

(성공과 출세가 다는 아니다)

예,

저도 압니다.

LP)

어떤 종교에선 욕심과 집착을 버리라고 가르친다. 성공과 출세를 가볍게 여기라는 얘기다. 또, 어떤 종교에서는 성공하고 출세하여 그 영광을 신께 돌리라고 가르친다. 이 차이가 만드는 결과는 놀랍다(거대한 나라가 한 줌도 안 되는 소국의 식민지가 되기도 하니까). 생각해 보라. 성공과 출세가 최고라고 생각하는 사람들을 '세속적 경쟁에서' 이길 수 있겠는가? 그딴 거 다 부질없는 일이라고 생각하는 사람들이 말이다. 물론 국력 차이를 종교적 차이로만 설명할 수는 없다. 종교의 도움 없이도 경쟁력을 갖는 나라가 있다. 예를 들어, 대한민국이 그렇다. 이유는 알 수 없지만, 한국인의 핏속에는 성공과 출세가 아예 각인되어 있다. 그것도 **스스로** 만족하는 성공이나 출세가 아니라 남보다 더 성공하고 남보다 더 출세해야 한다. 한강의 기적? 이게 어떻게 기적인가. 대한민국은 성공과 출세가 '원초적 본능'인 나라다. 선진국이 안 된다면 그거야말로 진짜 기적이지.

[고범24_076]

달팽이

너무 약해서
너무 강해요.

LP)

  달팽이는
약해도 너무 약하다.
달팽이에게 지는 놈은 아마도
달팽이뿐이지 싶다.
그렇다고
달팽이를 우습게 보면
안 된다.
핵전쟁이 벌어져도
달팽이들은 살아남을 거다.
비결이 대체 무엇인가? 간결함이다.
달팽이는 생존에 필요한
최소한의 장치들만 갖고 있다.
그 구조와 기능이 너무도 간단해서
고장은, 나기도 어렵고 내기도 어렵다.
혹시 고장이 난다고 해도 복구가 아주 쉽다.
하여, 바로 그 '너무 없음' 때문에
달팽이 성님은 강해도
너무 강하다.

[고범24_077]

대권

종교는 민중의 아편이고,
권력은 선비의 아편이다.

LP)

소위 '대권'을 쥐려면 〈天◦地◦人〉조건이 맞아떨어져야 한다. 첫째, 天은 '타이밍'을 의미한다. 둘째, 地는 '인맥, 환경, 조직'을 의미한다. 셋째, 人은 개인적 역량을 의미한다. 셋 중 人이 가장 중요하다. 큰 틀에서 볼 때, 天과 地는 인간의 통제권 밖에 있기 때문이다. 구체적으로 人은 〈知◦仁◦義〉로 구성된다고 할 수 있다. 첫째, 知는 '지식, 카리스마, 근성' 등을 의미한다. 둘째, 仁은 '자비심, 배려, 긍정성' 등을 의미한다. 셋째, 義는 '정의, 원칙, 시민의식' 등을 의미한다. 셋 중 義가 가장 중요하다. 知와 仁은 '정치에 진입하는 나이에서는' 거의 변하지 않기 때문이다. 결국 한 정치인의 장래는 '운명 요소를 빼고 생각한다면' 義 부분이 결정하는 게 확실하다. 義는 '小義(당파적 의)'와 '大義(거국적 의)'로 나눌 수 있는데, 현실적으로 대의만을 고집하는 건 어렵다. 해서 양자의 밸런스가 중요한데, 이 일도 쉽지는 않다. 현재 X당을 이끄는 Y는 대권의 조건을 충족했지 싶다. 한데 Y의 언행이 점점 小義 쪽으로 기우는 듯해서 안타깝다. 내가 Y의 대권 확률 Z를 50% 이하로 보는 이유다.

[고범24_078]

가장 무서운 감옥

(무한 믿음과)

무한
의심

LP)

　가둬서
　좋은 것들은
　도둑과 살인범과
　핵폐기물밖에 없습니다.
　천지자연과 삼라만상의 여러분은
　열어야 하고 소통해야 합니다.
　닫고 가두고 모셔 두면
　한여름의 팥죽처럼
　불타는 애국심도
　애끓는 사랑도
　한순간에
　쉽니다.

[고범24_079]

지도자

(원숭이나 인간이나)
결국 지도자가
문제다.

LP)

불황이 오면 물건은 안 팔리고 투자는 줄고 실업이 늘어난다. 케인스가 제시하는 솔루션은 간단하다. 국가가 나서서 돈을 뿌리라는 거다. 즉, 멈춰 버린 경제 펌프에 마중물 붓는 역할을 정부가 하라는 거다. 케인스는 나의 롤 모델이다. 내가 케인스를 좋아하는 이유는 그가 경제를 '진짜로 안다고' 생각하기 때문이다. 그 증거로 그는 스스로 투자도 하고 사업도 벌여서 큰돈을 벌었다. 그는 그 돈으로 사회사업도 하고 불쌍한 사람도 도왔다. 그리고 스스로도 충분히 누리며 살았다. 결혼도 인기 발레리나와 했다. 나는 이런 사람이 이 시대에 맞는 '현실적 인재'라고 생각한다. 정말 짜증이 난다. 경제와 통치를 모르는 사람이 정치하는 거 말이다. 이제 이런 사람들 그만 좀 보고 싶다. 첫째, 가진 게 '원칙' 밖에 없는 사람 말이다. 둘째, 가진 게 '성실' 밖에 없는 사람 말이다. 셋째, 가진 게 '정직과 애국심' 밖에 없는 사람 말이다. 오늘 이 시대는 원칙과 성실과 정직만으로 헤쳐 가기엔 너무 복잡해졌다.

[고범24_080]

역사

(역사가 상하면 독사가 된다)

　　－ 뜨겁게 읽을지언정
　　　차갑게 보관
　　　할 것.

LP)
　우리가 외적을 물리친 역사 기록은 예외 없이
　'압도적인 열세에도 불구하고' 라는 문장으로 시작된다.
　최근 이런 문구가 빠진 완벽한 승리가 눈에 띄는데,
　그 시작은 바로 양궁 특히 여자 양궁에서다.
　사실, 이 모든 것이 첫 단추를 잘못 끼운 탓이다.
　흔히 하는 애기지만, 삼국통일은 고구려가 해야 했다.
　그랬으면 만주 벌판과 용감한 만주족이 우리 편이 되었을 거다.
　이 경우 영토, 인구, 자원 그리고 문화적 역량의 측면에서
　한국과 중국과 일본은 그럴듯한 라이벌이 되었을 거다.
　이 멋진 관계는 유럽의 영국, 프랑스, 독일보다
　훨씬 더 역동적이고 또 흥미진진했을 거다.
　이건 일본 중국도 마다할 리가 없다.
　멋진 라이벌은 피차 득이니까.
　다 지나간 애기라고?
　……, 그런가?

[고범24_081]

90

구체성

(최선을 다하겠습니다)

그러니까

어떻게요?

LP)

일반적으로 가치 있는 정보는 구체적이다. 즉, 구체적일 수록 더 가치 있다. 비유하자면, 구체적인 말은 생화처럼 향기를 갖는다. 반면, 추상적인 말은 조화처럼 향기가 없다. 그래서 하는 말이다. 칭찬이든, 비판이든, 그냥 가볍게 하는 말이든, "추상적인 말은 하지도 말고 듣지도 마시라." 인생에 도움이 안 되는 게 세 가지 있는데, 모기와 맹장과 추상적 비판이다. 하여, 추상적인 비판은 기만 꺾는다. 의욕만 죽인다. 사람을 체념과 포기로 이끌 뿐이다. 부실한 정치가들의 말에는 공통점이 있다. 구체성이 없거나 매우 적다는 점이다. 논쟁에서 패자를 찾는 방법이 있다. 즉, 추상적인 공격을 하는 쪽이 패자다. 오랜 세월 우리는 '추상성의 과잉'으로 제대로 된 삶을 살지 못했다(종교와 철학의 책임이 크다). 이제라도 우리는 '삶의 구체성'을 회복해야 한다. 오해하지 마시라. 높은 레벨의 비판을 하지 말라는 뜻이 아니다. 높은 레벨의 비판도 얼마든지 구체적으로 할 수 있다.

[고범24_082]

맷집

(이 땅에서 살려면)

맷집부터

키우세요.

LP)

개나 사람이나 마찬가진데,

성장기에 '정신의 맷집'을 길러 줘야 한다.

참는 능력, 기다리는 능력, 회복하는 능력, 타협하는 능력,

오래 진지하게 생각하는 능력 같은 거 말이다.

이 능력을 충분히 길러 놓지 않으면

성장해서 수많은 어려움에

봉착할 수 있다.

약한 맷집으로 성장하면

개는 버려지거나 안락사당하기 쉽고,

인간은 평생을 외롭게 살거나

자살로 생을 끝내기

십상이다.

자식을 완전히 망치는 비결은

옛날이나 지금이나

과잉보호다.

[고범24_083]

전지적 보통 시점

보통의 우정
보통의 애정
보통의 행복

LP)

썰물이 빠졌을 때, 비로소 누가 벌거벗고 수영했는지가 드러난다. 맞다. 근데 그게 중요한가? 어차피 썰물이 없는 바다에서 산다면 말이다. 진짜 친구는 역경에서 드러난다. 맞다. 근데 그게 중요한가? 오늘의 대한민국에서 '진짜 친구가 필요한 끔찍한 역경' 이 얼마나 자주 올까? 필자도 나름 다사다난한 삶을 살아왔지만, 현실적으로 우리가 만나는 역경은 그다지 끔찍한 역경은 아니다. 대부분 남들의 도움이 필요 없을 정도의 그저 그런 역경이다. 하여 지진이나 전쟁 같은 난세가 아니라면, 진짜 친구를 얻거나 유지하는 데 들어가는 비용과 번거로움도 생각해 봐야 한다. 그렇지 않나? '보통의 역경' 에선 보통의 친구로 충분하다. 앞으로도 정부 복지는 계속 늘어날 거다. 여간 해선 굶어 죽거나 얼어 죽지 않는다는 뜻이다. 즉, 진짜 친구의 용도(?)가 계속 줄어든다는 얘기다.

[고범24_084]

벚꽃

폈나
싶었는데
졌네.

LP)

우리나라가
일제로부터 독립하면서
사람도 땅도 벌레도 다 돌아왔는데,
딱 하나, 벚꽃만은 돌아오지 못하고 있다.
그 넓은 독립기념관에는 벚꽃이 한 그루도 없다.
벚꽃에 대한 일본인들의 불법 감금 정책에
대한민국의 독립기념관이 동조하다니
정말 기가 막히고 코가 막힌다.
우리 국화를 지키기 위해
일본의 국화를 인정한다고 해도
일본 왕실의 상징은 벚꽃이 아니라
가을에 피는 국화다(법률적 國花는 없다).
벚꽃의 원산지는 우리 제주도다.
Anyway 벚꽃은 양보 못 한다.
그러기엔 꽃이 너무
향기롭고 또
곱다.

[고범24_085]

94

75세

(이 땅에서 75년 살았다면)

대단한

겁니다.

LP)

아, 오늘이 생일입니까? 75세 생일이라고요? 만 나이로
요? 예, 그래서 가족이 모이신 거군요. 정말 축하합니
다. 잘 사셨습니다. 그리고 여기까지 오시느라 수고하
셨습니다. 자, 짐 꾸리세요. 내일이라도 떠나야 합니
다. 아마 짐작하셨겠지만, 여기 이승 말입니다. 예, 천
국 아닙니다. 이제야 말하는데, 사실은 당신이 전생에
죄를 지어서 감옥에 갇힌 겁니다. 꽃도 피고 새도 울지
만, 여기 지구가 바로 감옥이라고요. 맞습니다. 여기
오신 분들 형기가 대략 〈75 ± 8〉년입니다. 그동안
사는 게 많이 힘드셨죠? 예, 그래섭니다. 감옥 생활이
편할 리가 없잖아요. 이거, 노파심에서 하는 얘긴데,
아무리 힘들어도 자살은 안 됩니다. 자살 즉, 탈옥은 재
수감되어 이 지긋지긋한 감옥에 다시 오게 됩니다. 조금
만 더 참으세요. 이제 8년만 더 살면 자웁니다. 석방
이라고요. 고생 끝이라고요. 뭐, 8가 그리 길진 않을
겁니다. 전생에서 지은 죄가 너무 크지 않다면 말입니
다.

[고범24_086]

95

끈 이론

원자를 파 보니 소립자가 나오고
소립자를 파 보니 쿼크가 나오고
쿼크를 파 보니
신나게 진동하는 끈이 나오는데,
진정 이것이 존재의 끝이랍니다.

LP)
있지만
만질 수 없는 끈들이
있지만 들을 수 없는 소리를 내며
있지만 볼 수가 없는 춤사위를 벌이는데.
이들 작고, 가늘고, 예쁜 끈들이
요정처럼 마술을 부려서
하늘을 나는 새와
땅 위의 꽃들을 만들어 냅니다.
근데, 그 이론의 수식이 너무 아름다워서
이렇게 아름다운 이론이 가짜일 수가 없다는 것이
우주가 '진동하는 끈'이라고 주장하는
끈 이론의 증거이자 증명이랍니다.
참 이상하네, 물리학이 점점
우리 주말 드라마를
닮아 가잖아!

[고범24_087]

96

安家

사람도 피라미도
안가가 필요하다.

LP)

우리 집 주변에 두 개의 작은 천이 있다. 둘이 비슷한 데 한쪽은(A라 하자) 물고기가 늘 있고 다른 쪽은(B라 하자) '있다가 없다가' 한다. 최근에 그 이유를 알았다. A에는 물가에 바위가 많이 있다. 해서, 바위 사이가 일종의 안가 역할을 한 거다. 비가 많이 와서 물이 불어날 때마다 A의 물고기들은 그 안가에서 피신했던 거다. 반면 B에는 그런 피신처가 없다. 하여, B의 물고기들은 사정없이 급류에 휩쓸려간 거다. 그래서 폭우가 지나가면 B 쪽 물고기의 씨가 마르는 거다. 나중에 하류에서 다시 올라오긴 하지만 큰 비가 오면 도루묵이다. 인간도 마찬가지다. 인간에게도 자신만의 안가가 필요하다. 동서고금을 막론하고 사람 사는 곳에는 의례 폭우(즉, 재난)가 내리기 때문이다. 여기서 안가가 물질적인 것만 뜻하지는 않는다. 특히 우리 한국 사람에겐 정신적인 안가가 더 필요하다. 너무 빠른 경제 성장의 부작용으로 마음이 피폐해졌기 때문이다. 필자에겐 사랑하는 가족이 안가 역할을 해 주고 있긴 한데, 5% 부족하다는 느낌을 지울 수 없다.

[고범24_088]

해골

(하늘을 우러러)

한 점은 좀 그렇고요,
두 점 부끄러움이
없기를.

LP)

모든 해골은
완전하게 평등하다.
적어도 해골 세계에서만큼은
미스 해골도 없고 명품 해골도 없고,
특별히 멸시당하거나 존경받는 해골도 없다.
모든 해골은 겉과 속이 같다.
즉, 겉이 해골이면
틀림없이 속도 해골이다.
그런 해골에 살을 조금 붙인 것이
간디와 히틀러와 장희빈
그리고 당신과
나이다.

[고범24_089]

행복

(어느 시대나)
행복은
Self입니다.

LP)

행복이라는 봉오리에 이르는 길 즉, '행복의 길'은
하나가 아니다. 필자가 생각하는 행복의 길은 '3L' 이
다. 첫째는 〈Like〉이다. 즉, 우리는 좋아하는 일을
할 때 행복하다. 둘째는 〈Live〉이다. 즉, 우리는 살
아 있다고 느낄 때(존재감이라고도 한다) 행복하다.
셋째는 〈Love〉이다. 즉, 우리는 사랑을 주고받는 상
대가 있을 때 행복하다. 여기서 상대란 주로 사람이지
만, 때론 신이나 동물 심지어는 애국심 같은 추상적 개
념일 수도 있다. 혹자는 행복의 척도로 높은 수준의 〈자
율성, 유능감, 연결감〉을 꼽는데 나는 찬성하지 않는
다. 첫째, 자율의 폭이 작은 사람도 행복할 수 있다. 둘
째, 경쟁에서 승률이 낮은 사람도 행복할 수 있다. 셋
째, 가족과 친구가 없거나 적은 사람도 행복할 수 있
다. 까놓고 말해서, 지구에 사는 민중(혹은 서민) 대부분
은 자율적이지 못하고, 경쟁에서도 자주 패배하며, 인맥
도 소박하다. 하지만 그들 중 상당수가 행복하게 살고 있
다.

[고범24_090]

회귀

인생이 깊었는데
그대는
아직도
우주가 아니구려.

LP)
　우주는
모든 존재의
진정한 창조주이다.
그렇게 우리 역시 결국에는
우리를 낳아 준 우주로
돌아가는 것이다.

사실,
우리의 관점에서
죽음이 거창하고 심각한 거지,
우주의 관점에서 보자면
일부 원자들이 약간
위치를 바꾼 게
다 아닌가?

[고범24_091]

사회의 품격

(그래서)

어쩌라고

?

LP)

생긴 거 갖고 뭐라는 게 제일로 치사하다. 태어나 보니 장애자다. 태어나 보니 못생겼다. 태어나 보니 키가 작다. 태어나 보니 성 소수자다. 태어나 보니 머리가 나쁘다. 태어나 보니 부모가 거지다. 태어나 보니 친일파의 후손이다. 그래서 어쩌라고? 운명도 내 책임이라고? 드라마 〈스토브 리그〉에 이런 말이 나온다. "어떤 놈은 3루에서 태어나고, 자기가 3루타 친 줄 안다." 필자는 이 말을 보태고 싶다. "어떤 놈은 3루타를 치고도 1루에 서 있다." 두 놈 다 짜증 나긴 매한가지다. 자본주의는 사유재산을 인정한다. 해서 타고난 것이 '유리와 불리'의 이유가 되는 건 어쩔 수 없다. 하지만 그게 '자랑이나 자책'의 사유가 될 수는 없다. 이 사안은 규범의 문제다. 운명의 문제가 아니라 선택의 문제라는 얘기다. 쉽게 말해서 사회적 합의를 통해 우리 스스로 정하면 되는 거다. 모든 사회는 저마다의 품격을 갖는다. 소수자와 장애자를 대하는 태도를 보면 그 사회의 품격을 알 수 있다.

[고범24_092]

101

걱정

(걱정이 걱정을 걱정하다니)
참
걱정이다.

LP)
걱정 자체가
걱정을 해결하진 못한다.
그러나 걱정은 필히 생각을 낳고,
생각은 방책과 방안을 낳고,
방책과 방안은 결국
해결을 낳는다.

그러므로
크고 작은 걱정들이
바로 그 걱정함에 의해서
해결된다.

그러니 말이지,
걱정에 대한 걱정들은
정말 부질없는
걱정이다.

[고범24_093]

자기 철학

(철학은 머리를 잡아야 해)

꼬리엔

독침이

있거든

LP)

자기 철학이 있고 그 철학으로 사는 사람이 의외로 많지 않다. 자기 철학으로 산다는 게, 그래서 훌륭한 사람이라는 뜻은 아니다. 예를 들어, 철학 자체가 편협하거나 문제가 있다면 거기서 나오는 행동 역시 부실하거나 심지어는 위험할 수 있다. 칭기즈 칸은 너무 옛날 사람이라서 그렇다 치더라도, 히틀러와 스탈린 그리고 폴 포트는 비행기가 날던 시대의 사람들이다(수백만 이상의 무고한 사람들이 이들에 의해 희생되었다). 이들의 행위에 대한 평가는 차치하고, 다만 한 가지는 말할 수 있다. 즉, 이들 모두 분명한 자기 철학을 갖고 있었다는 점이다. 해서 지도자의 두 가지 요건이 나온다. 첫째, 자기 철학이 있어야 한다. 둘째, 그 철학이 건강해야 한다. 우리나라에도 수많은 대통령이 거쳐 갔지만 그 중 몇몇은 정말 자기 철학이 있기나 한 건지 의심스럽다(겉보기엔 그랬다). 하긴, 끔찍한 철학을 가진 사이코보다는 아예 철학이 없는 편이 외려 낫지.

[고범24_094]

존재 증명

(내가 나를 정의했을 때)
나는
나에게로 와서 나가
되었다.

LP)

진짜의 정의는
'가짜가 아닌 것' 이다.
그런데, 세상에 있지도 않은 게
진짜일 수는 없다.
따라서 진짜는 정의에 의해서
세상에 있어야 한다. 진짜로 있어야 한다.
믿거나 말거나(?), 논리적으로 그렇다.
神의 정의는 '전지전능한 존재' 다.
근데 세상에 있지도 않으면서
전지전능할 수는 없다.
따라서 신은 그 정의에 의해서
존재해야만 한다. 진짜로 존재해야 한다.
믿거나 말거나, 논리적으로 그렇다.
이 세상에는 믿거나 말거나,
論理로는 그런 거
다-게 많다.

[고범24_095]

존재감

(천년을 사는 은행나무여!)

너
무엇으로
존재감을 느끼나?

LP)

인간은 음식과 산소와 존재감을 먹고 산다. 개인주의
성향의 유럽인은 스스로 존재감을 얻는다. 집단주의 성
향의 일본인은 집단에 의해 존재감을 얻는다. 다 그런
건 아니지만, 남의 나라에 얹혀사는 떠돌이(?) 민족은
주로 돈을 통해 존재감을 얻는다. 관계주의 성향의 한
국인은 관계에 의해 존재감을 얻는다(관계의 대상은 가
족과 친구 등 주변에 있는 사람이다). 일본인과 유럽인
의 존재감은 영속성이 있다. 개인과 집단은 비교적 영속
성이 있기 때문이다. 당연한 얘기지만, 떠돌이 민족의 존
재감은 '가진 돈의 양'에 비례한다. 한국인의 존재감은
영속성이 부족하다. 나와 주변 사람들과의 관계(1:1 관
계)는 가변적일 수밖에 없기 때문이다. 하여 관계망의
변화는 피할 수 없고 그 과정에서 존재감이 약화될 수
있다. 존재감을 회복하는 쉬운 방법이 있다. 남을 돕거나
남과 싸우는 거다. 그래서 한국인이 정도 많고 화도 잘 내
나?

[고범24_096]

105

교체 시점

(버릴 건 버리고, 바꿀 건 바꾸자)

아,

늙은 남편은

빼고.

LP)

21세기는 변화가

선택이 아니라 필수이다.

첫째, 정치 시스템을 바꿔야 한다.

인공 지능 이전에 만든 정치 시스템이다.

이제 더 이상 맞지 않는다.

둘째, 경제 시스템을 바꿔야 한다.

평균수명 50세일 때 만든 경제 시스템이다.

이제 더 이상 맞지 않는다.

셋째, 문화 시스템을 바꿔야 한다.

연결 시대 이전에 만든 문화 시스템이다.

이제 더 이상 맞지 않는다.

마누라와 자식 빼고 다 바꾸라고?

아니다. 정치, 경제, 문화면 충분하다.

이 셋이 바뀐다면 나머지는

저절로 바뀐다.

[고범24_097]

二

(물소의 뿔처럼)

둘이서

가

라.

LP)

숫자 〈1〉이 젤로 멋있지만("일테면, 1등, 1급, 1류 등"), 실제로 실용적인 수는 〈2〉이다. 아닌가? 우리는 두 눈으로 본다. 우리는 두 귀로 듣는다. 우리는 두 손으로 잡는다. 민주국가에는 반드시 여당과 야당이 있다. 그리고 대부분의(?) 가정은 여성과 남성으로 구성된다. 〈2〉의 대칭성은 현실적으로 유용하다. 한마디로 거리감을 제공해 주기 때문이다. 즉, '보다 높은 차원에서' 대상을 인지할 수 있게 해 주는 거다. 하여, 뱀의 혀가 두 갈래가 아니었다면 이 멋진 생명체는 진즉 멸종했을 거다. 음양의 조화는 영원한 진리다. 요즘 여야 모두 '단결'이라는 용어를 남용하는 경향이 있다(합당한 내부 비판조차 수용하지 못한다는 애기다). 조심해야 한다. 단결은 양날의 검이다. 다칠 수 있다. 일테면, 어느 한쪽으로 쏠리는 단결은 독이 될 수 있다. 단결이 미덕이 되려면 '음양의 조화를 통한' 단결이어야 한다.

[고범24_098]

강적

(그냥 하는 놈은)

생각 자체를 안 하므로

말릴 방법이

없다.

LP)

집중하는 놈이 무섭다.

사생결단하는 놈이 더 무섭다.

근데, 이 독종도 겁을 내는 강적이 있다.

바로 그냥 하는 놈이다. 낙수가 바위를 뚫는 것은

무심하게 내리기 때문이다. 즉,

그냥 내리기 때문이다.

극진공수도의 창시자인 최영의는

맨손으로 황소 47마리의 뿔을 잘라 냈다고 한다.

영화 <넘버 3>에서 송강호가 이 장면을 명쾌하게(?) 설명한다.

왼손으로 소 대가리를 잡고 오른손으로 내려치는 거야.

용기? 의지? 열정? 깡? 그딴 거 다 필요 없어!

치고, 치고, 또 치고, 계속 치는 거야.

손이든, 뿔이든, 소 대가리든

개박살이 날 때까지!

어떻게? 그냥!

[고범24_099]

108

도구

(고치세요)

나에 맞게 도구를 고치든가,
도구에 맞게 나를 고치든가.

LP)

모두 알다시피, 사람이 사자와 호랑이를 이기는 건 도구 덕이다. 도구는 H/W적 도구와 S/W적 도구(규칙, 관습, 규범, 지혜, 지식, 노하우 등)로 나눌 수 있다. 전자는 어쩔 수 없지만, 후자는 약간의 편집이 필요하다. 모든 도구는 표준 인간을 전제로 만들어지기 때문이다(표준에 대한 각자의 편차를 반영해야 한다는 얘기다). 해서 나는 성인들의 말씀도 나에 맞게 수정해서 받아들인다. 예를 들어, 나는 불교의 '8正道' 대신 '5適道'라는 걸 사용한다. 나의 처지와 취향에 맞게 8正道를 수정한 거다. 첫째, 正도의 '正' 즉, '바르다' 는 표현이 너무 강하다고 생각해서 '正'을 '適' 으로 바꿨다(여기서 適은 '대충 바르게' 라는 의미다). 둘째, 8개가 많다고 생각해서 5개로 줄였다. 셋째, 내용도 조금 바꿨다. 다음은 그렇게 만들어진 나의 5適도이다. "**적思**(적당히 생각하고), **적覺**(적당히 깨닫고), **적言**(적당히 말하며), **적行**(적당히 행동하고), **적足**(적당히 만족한다)"

[고범24_100]

109

비

눈이 오면 가슴이 뛰고,
비가 오면 영혼이 뛴다.

LP)
첫째, 눈은 희지만 비는 맑다.
둘째, 눈은 감추지만 비는 씻는다.
셋째, 눈은 쌓이지만 비는 바로 흐른다.

나는
왠지
비가
좋다.

눈을 맞으며 한 키스는
달콤하지만 금방
잊힌다.

비를 맞으며 한 키스는
밍밍하지만 오래
남는다.

[고범24_101]

복기

(진정한 힘은)

복기에서

나옵니다.

LP)

퀴즈 하나를 풀어 보자. 실리콘 밸리에서 가장 많이 하는 일이 뭘까? 힌트는 우리 정주영 회장의 명언에서 찾을 수 있다. "해 보긴 했어?" 맞다. 시행착오다. 창조에 비결이 있다면 그건 바로 시행착오다. 시행착오는 반드시 사례를 남긴다. 성공이든 실패든, 모든 사례는 유의미하다. 교훈과 정보를 끌어내는 자료가 되기 때문이다. 시행착오란 그 자체가 실패를 의미하는 데, 일반적으로는 실패에서 더 많은 걸 배울 수 있다. 단, 그냥 실패가 아니라 반성과 분석을 담은 실패라야 한다. 바둑에서는 이를 '복기'라고 부른다. 분명히 말하지만, 실패나 패배에 변명은 필요 없다. 자책도 필요 없다. 진 건 진 거다. 승부사는 자책하거나 변명할 시간에 복기에 집중한다. 실패는 성공에 이르는 과정이라고? 아니다. 실패 그 자체는 의미 없다. 실패를 아무리 쌓아 봤자 성공에 이르지 못한다. 우리가 쌓아야 할 건 실패가 아니라 복기다. 최고의 성공은 복기의 누적에서 나온다.

[고범24_102]

111

생명의 역사

(누가 뭐래도)
생명은
실체다.

LP)
바다는 모든 생명의 고향이다.
40억 년 전, 폭풍우가 몰아치던 어느 날
우연히 바닷속에서 하나의 복제 분자가 탄생하였다.
바로 그 복제 분자에서 하나의 단세포 생명체가 만들어졌다.
20억 년 전, 단세포 생명체들이 떼거리로 모여서
사상 최초로 다세포 생명체를 탄생시켰다.
처음, 바다의 물고기로 시작된
이 작고, 여리고, 집요한 다세포 생명체는
양서류/파충류/포유류순으로 차근차근 진화해 갔다.
결국 포유류에서 원시 인류가 탄생한 건 300만 년 전쯤이다.
호모 사피엔스의 극적인 출현은 겨우 30만 년 전인데,
단군이 이 땅에 고조선을 세운 건 5000년 전이다.
참으로 진화는 열정이 대단한 엔지니어다.
총 1000억 개의 種을 제작했는데,
현재 0.1% 정도 남아 있다.
그중의 하나가
인간이다.

[고범24_103]

쉬운 게 좋아

(열심히 산 사람의 묘지에선)

더

예쁜 꽃이

피나?

LP)

나는 쉬운 게 좋다. 편한 게 좋다. 해서 전후좌우를 둘러보고 쉬운 일만 골라 한다. 예를 들어, 작더라도 안전하게 돈 벌 수 있다면 위험한 투자 안 한다. 나는 예쁜 여자에겐 커피 한 잔 사 주지 않는다. 설사 그들이 먼저 접근해도 말이다. 어차피 차일 거라서? 아니다. 예쁜 여자는 대체로 어려워서다. 다행히 내 곁에는, 남자든 여자든, 쉬운 사람이 늘 있다. 나는 책을 자주 읽지만 그렇다고 독서가 취미는 아니다. 나는 더 쉽고 재미있는 일이 있으면 책 같은 거 읽지 않는다(독서는 유익하지만, 내게는 마지막 옵션이다). 좀 짜증스럽다. 도전을 부추기는 말을 들으면 말이다. 원래 도전은 그 자체로 어렵다. 나도 이따금 도전한 적이 있지만, 원해서 한 건 아니다. 살려고 했다. 언필칭 '생존을 위한 도전' 말이다. 남들은 모르겠고(뭐, 내가 상관할 일도 아니고), 나는 쉽고 편한 게 좋다. 좀 없이 살아도 말이다.

[고범24_104]

강촌

내 고향 강촌(江村)에 아침이 오면
정체가 불분명한 한 무리의 애증이
흰 늑대를 타고 떼거리로 몰려와서
가쁜 숨 몰아쉬며 샛강을 삼킨다네.

LP)

한 천재 수학자가
유명한 難문제를 해결하고는
의기양양하게 두 번째 문제에 도전했는데
그 문제를 풀지 못했고 이를 비관해 자살하고 말았다.
천재 수학자를 죽게 만든 두 번째의 難문제는
바로 '이젠 뭘 하지?' 라는 문제였단다.
그런데 그다지 천재도 아닌 필자는
한 가지 답을 안다고 생각한다.
답은 '안개 낀 강변' 을
걸으라는 것이다.
걷는 게 무료하면 뛰고,
뛰다 지치면 다시 걸으면 된다.
혹시 안개가 안 낀 날은 어떻게 하냐고?
그게 궁금하신가? 그런 날에는
안개가 안 낀 강변을
걸으면 된다네.

[고범24_105]

114

진화 5단계

(진화는 양면이 있다)
한 면은 축복이고
다른 면은 저주다.

LP)

인간은 5단계로 진화한다. 첫째는 **생존형**이다. 생존형 인간은 오직 자신의 생존과 번식만을 추구한다. 둘째는 **생활형**이다. 생활형 인간은 사회를 의식한다. 즉, 주변 사람들의 삶도 함께 배려한다. 셋째는 **오락형**이다. 이 단계에 들어선 인간은 놀이 즉, 즐거움을 추구하기 시작한다. 넷째는 **예술형**이다. 예술은 단순한 오락과는 차원이 다르다. 예술을 즐기기 위해서는 일정 수준의 학습과 훈련이 전제되어야 한다. 다섯째는 **철학형**이다. 인간의 진화가 어떤 수준에 이르면 근본적인 문제가 눈에 보인다. 즉, 존재, 영혼, 신, 道 같은 철학적 명제 말이다. 인간이 무조건 이 5단계를 거치는 건 아니다. 진화는 주로 경제의 영향을 받는다. 즉, GDP가 멈추면 진화도 멈춘다. 지금 우리나라는 대체로 진화 3단계에 진입한 것으로 보인다. 대학의 평생교육원 과목이 이를 증명한다. 즉, 옛날엔 부업 관련 코스가 많았지만, 지금은 오락 관련 코스가 많다. 우리는 선진국인가? 아니다. 국민의 적어도 반쯤이 4단계로 들어서야 진짜 선진국이다.

[고범24_106]

아름다워라

(한 송이)

들
꽃

LP)

작은 꽃씨 하나로
세상이 바뀌지는 않겠지만
그 꽃씨가 부지런히 자라나서
한 송이의 아름다운 꽃을 피울 때,
우연히 그 꽃을 보고 감동하여
자살을 멈춘 남자의 세계는 변한다.
그가 재기하여 새로운 삶을 시작할 때,
그의 병든 부인과 굶주린 아이들의 세계는
분명히 바뀌고 확실하게 변한다. 이 지구에는
인구수만큼의 혹은 생명의 수만큼의
얼굴과 사랑과 세계가 있다.
하여 벌레 한 마리가 죽을 때도
그 벌레가 오랜 세월 가꾸고 아끼면서,
사랑하는 이들과 함께 살아온
하나의 숭고한 세계가
닫히는 것이다.

[고범24_107]

분석과 추론

(대범한 척하면서)

속으로는

따지세요.

LP)

어느 날 우리 마을에 갈치 트럭이 와서 갈치를 팔았
다. 나는 갈치가 먹고 싶었지만 사지 않았다. 5분만 싸
게 판다는 방송이 걸렸기 때문이다. 정말 잠시 파는 거
라면 미리 녹음해서 틀어 줄 리가 없지 않은가. 성현들
은 인생을 '가벼운 자세로' 살라고 한다. 하지만 가볍
게 살라는 게 호구 노릇하며 살라는 뜻은 아닐 거다. 가
볍게 살기 위해서도 보험 하나는 필요하다. 그 보험의
이름은 '분석과 추론' 이다. 분석과 추론은 '사기꾼이 들
끓는 세상에서' 나를 지키는 효율적인 무기다. '척 보
면 안다' 는 말이 있다. 감으로 안다는 얘기다. 하지만
이게 생각 과정이 필요 없다는 얘기는 아니다. 척 봐서
아는 능력 뒤에는 엄청난 양의 '분석과 추론' 이 숨어
있다. 다만 그 과정이 '내재화' 되어 있는 거다. 내재화
되면 무의식 안에서 행해지는 것처럼 보인다. 사실, 내
재화라는 게 그다지 특별한 재주는 아니다. 누구라도 같
은 일을 오래 반복하면 내재화된다. 걷는 일처럼 말이
다.

[고범24_108]

나는 정말 운이 좋아!

('오늘도 운이 좋다' 라는 생각을)

오늘도

하다니

LP)

운이란

상대적 개념이다.

즉, 운이 좋은 사람이란

운이 나쁜 친구가 많은 사람이다.

사실, 우리는 모두 생각보다 운이 좋다.

일테면, 내가 지금 이런 글을 쓰기 위해서도

수많은 행운이 동시에 일어나야 한다.

첫째, 북한의 핵 단추가

실수로 눌리는 일이 없어야 한다.

둘째, 심장이 갑자기 멈추지 말아야 한다.

셋째, 외계인이 지구에 침입하지 말아야 한다.

넷째, AI가 배신하지 말아야 한다.

멀쩡한 하늘이 무너져도

당근 안 된다.

[고범24_109]

인생론

(삶은 나도 처음이라서)

좀

서툽니다.

LP)

누구나 한 30년 살아 보면, 일상의 삶을 살아가는 지침들을 갖게 된다. 이 지침들의 집합을 '인생론' 이라고 부른다. 인생론은 크게 보아 행복론, 성공론, 가치론의 결합이다. 셋 중 가치론이 가장 중요하다. 가치론이 정해져야 성공론과 행복론이 정해질 수 있기 때문이다. 가치론에서는 주로 '선택' 이라는 주제를 다룬다(선택은 대체로 관습과 취향의 영역에 속한다). 여기서 선택은 진보/보수, 자유/평등, 이과/문과, 보람/재미, 외향/내향, 정파/사파 등이 있는데, 이 경우는 양자택일이다. 또 직업, 전공, 취미, 우정, 애정 등이 있는데, 이 경우는 다자 택일이다. 내 경우는 {진보, 자유, 이과, 재미, 내향} 등이 양자택일의 결과다. 물론 나는 '정파' 에 속한다고 자부하는데, 가끔은 사파 짓을 하기도 한다. 다자 택일에 속하는 것으로는 등산(취미), AI(전공), 교직(직업) 등이 있다. 우정은 별 게 없고, 애정은 수십 년 같은 밥솥을 사용 중인 호모 사피엔스 여성이 유일하다. 즉, 첫사랑이자 마지막 사랑이다.

[고범24_110]

경계

(경계에 있을 것)

언제 어디를

가든

LP)

경계에 있으면 요동한다.

상下로.

전後로.

좌右로.

경계에 있으면 조심한다.

안住를.

만足을.

편狹을.

경계에 있으면 탐색한다.

진實을.

진心을.

진精을.

[고범24_111]

마음 좀 하고 살자

생각
그만
하고

LP)

나는 '생각' 과 '마음' 을 구별한다. 생각은 이성을 대변하고 마음은 감성을 대변한다. 생각은 의도적으로 '하는 것' 이고, 마음은 그냥 '떠오르는 것' 이다. 생각과 마음은 동시에 작용하진 않는다. 둘 중 하나가 나설 때 다른 놈은 뒤에 숨는다. 둘은 늘 충돌하고 싸우고 타협한다. 모욕적인 말을 들었을 때 생각의 나는 무시하라고 하지만, 마음의 나는 불쾌해한다. 칭찬을 들었을 때 생각의 나는 침착하라고 하는데, 마음의 나는 기뻐한다. 생각과는 달리, 마음은 늘 흔들린다. 원래 마음의 본성이 그러하다. 이런 흔들림을 견제하기 위해 인간에게만 특별히 진화된 게 생각이다(내 생각이 그렇다). 문제는 생각이 지나치게 비대해졌다는 점이다. "생각 좀 하고 살자." 라는 옛말이 있다. 나는 이 말을 바꾸고 싶다. "마음 좀 하고 살자." 요즘 젊은이들 생각이 너무 많다. 좋은 사람 만나면 한 번 살아보는 거지. 애가 생기면 한 번 키워보는 거지. "인생 정답 없어요. 마음 내키는 대로 사세요."

[고범24_112]

환생

(우주는 순환한다)

아마

맞을 거다.

LP)

환생(還生)은

믿음이 아니라 과학이다.

우주는 계속 변화하는 유한공간이다.

유한공간은 가질 수 있는 상태의 수가 유한하다.

해서 한 번 출현한 적이 있는 상태가

이후에 다시 나타날 확률은

절대 0이 될 수

없다.

필자의 한평생도

기 출현한 상태 중 하나이다.

해서 언젠가 그 상태가 재현되어야 한다.

우주는 결국 팽창을 멈추고 수축을 시작할 것이며,

같은 식으로 빅뱅이 또다시 일어날 것이다.

이런 영겁의 길고 긴 순환 과정에서

본 필자 역시 100% 확실하게

몇 번이고 환생할 거다.

[고범24_113]

약점과 강점

(이긴 놈이 강한 거라고?)
주로
강한 놈이
이기지 않나?

LP)

사람에겐 강점도 있고 약점도 있게 마련이다. 그런데, 세상일이 다 그렇듯이, 이 사안도 간단치가 않다. 일방적으로 강점은 좋고 약점은 나쁜 게 아니라는 말이다. 다시 말해서, 강점과 약점에도 복합적인 측면이 있다. 일테면, 강점에도 부정적인 측면이 있고(질투를 유발할 수 있다), 약점에도 긍정적인 측면이 있다(사랑을 유발할 수 있다). 따라서 이런 주장이 가능하다. "강점은 강점대로 좋고, 약점은 약점대로 좋다." 굳이 모든 약점을 없애려고 애쓰지 않아도 된다는 뜻이다. 문제는 활용 방식이다. 바로 여기서 현명한 사람과 어리석은 사람이 갈린다. 즉, 현명한 사람은 '강점으로는 존경을' 받고 '약점으로는 사랑을' 받는다. 어리석은 사람은 반대다. 즉, '강점으로는 질투를' 받고, '약점으로는 멸시를' 받는다.

[고범24_114]

풀

물 한쪽 편
돌 틈에 낀
풀 한 조각

LP)

식물은
조용히 운다.
동물은 시끄럽게 울지만
그래도 눈물만은
애써 감춘다.

지구인은
소리와 눈물을
너무 자주 남발한다.
해서 지구 주위가
불필요하게
시끄럽다.

호모 사피엔스?
호모 노이즈
아니고?

[고범24_115]

이데올로기

(자본주의는 별로고)
공산주의는 더
별로다.

LP)

북한이 해방 후에 호황을 누린 이유가 있다. 첫째, 일본이 남긴 공장과 기술이 있었다. 둘째, 공산 대국인 소련과 중국의 대대적인 지원이 있었다. 셋째, 나름 적절한(?) 토지개혁과 사회개혁으로 국민들의 사기가 높았다. 넷째, 일당제인 공산주의 체제는 의사결정이 매우 빠르다(어느 나라나 발전의 초기 단계는 스피드 게임이다). 다당제를 채택하는 민주주의는 의사결정 비용이 상대적으로 크다. 시간 낭비가 많다는 뜻이다. 하지만 국가의 발전이 어느 단계에 이르면 경쟁이 스피드 게임에서 창조성 게임으로 바뀐다. 소련식 공산주의가 실패한 이유다. 즉, 발전 초기에 디딤돌로 기능하던 통제가 후기로 가면 걸림돌로 바뀌는 거다. 이 점을 간파한 중국은 공산주의에 시장경제를 결합했다. 중국식 공산주의가 지금까지는 성공한 것처럼 보인다(어쨌든 일본을 꺾고 2등이 됐잖아). 앞으로는 어떨까? 뭐, 곧 알게 되겠지. 중국 음식처럼 짱일지, 중국 쿵푸처럼 꽝일지.

[고범24_116]

극기

(쉽지는 않겠지만)

자신도 이기고

남도 이기세요.

LP)

삶은 실전이다.

세상에는 많은 상이 있지만

자신을 이긴 사람에게 주는 상은 없다.

금메달은 남에게 진 적이 없다는 뜻이고,

은메달은 단 한 명에게만 지고 모두 이겼다는 뜻이다.

기업이나 군대는 가끔 극기(克己) 훈련을 한다.

바로 자신과 싸워서 이기는 훈련 말이다.

그러나 극기 훈련의 최종 목표는

내가 아니라 적과 싸워 이기는 것이다.

극기를 목표로 삼는 것은 일리가 있다. 아무렴,

우린 자신과의 싸움에서 이겨야 한다.

그렇지만 알고는 있으시라.

당신과 나 말고도

극기에 성공한 사람들이

메뚜기 떼처럼

많다는 걸.

[고범24_117]

과시

(과시는 과자보다)

몸에

좋다.

LP)

평화를 위해서 과시는 꼭 필요하다. 오해든 실제든, 과시를 통해 실력을 인정받으면 경쟁자들이 '알아서 길 것'이기 때문이다. 즉, 전쟁까지 안 갈 수 있다(전쟁은 이겨도 손해다). 별도의 노력 없이도 자연스럽게 이루어지는 과시를 '자동과시'라고 부른다. 자동과시가 된다면 굳이 과시를 위해 비용을 들일 이유가 없다. 예를 들어, 인도의 간디와 베트남의 호찌민은 자동과시가 되기 때문에 허술한 옷차림에 슬리퍼를 신고 다닌 거다. 잡스와 빌 게이츠도 자동과시가 되기 때문에 청바지를 입고 햄버거를 먹는 거다. 대체 왜 사람들은 명품에 목을 매는가? 왜 성형수술을 하는가? 왜 큰 차를 모는가? 왜 명함이 화려한가? 왜 중국은 만리장성을 세웠나? 왜 이집트는 피라미드를 세웠나? 두꺼비는 왜 몸을 부풀리나? 왜 어떤 나라는 쪼들리는 살림에 핵무기를 만드나? 이 모든 허세의 뒤에는 슬픈 현실이 있다. 실력이 부족해서 혹은 실력이 가시적이지 않아서 자동과시가 안 된다는 사실 말이다.

[고범24_118]

맛

(당신의 사랑을 요리하면)

무슨

맛이 날까요?

LP)

동치미는

사 린 감칠맛이고,

별들은 올려보는 맛이고,

바짝 마른오징어는 씹는 맛이고,

털이 어여쁜 강아지는

품는 맛이다.

그리고 잘 익은 옥수수와

해묵은 첫사랑의 추억은

빼 먹는 맛이다.

한 알 또

한 알.

[고범24_119]

성깔

(우리가 착한 나라라고?)

몽고와

30년을 싸운

나라가?

LP)

성깔 있는 작가가 글은 잘 쓴다. 성깔 있는 학자가 새 이론 만든다. 수학자 괴델도 성깔이 장난 아녔다고 한다. 특히 경영 분야에서는 성깔 있는 경영자가 일낸다. 잡스의 성깔은 유명하다. 성깔이라면 2차 대전의 패튼 장군을 빼놓을 수 없다. 그 양반의 성깔은 진격 속도만큼이나 유명하다. 주원장도 칭기즈 칸도 한 성깔 했다지 아마. 하긴, 그 정도 성깔 없이 어떻게 천하를 넘보겠는가? 우리나라에도 포항제철을 창립한 박태준이 있다. 직원들을 모아 놓고 이렇게 소리쳤다고 한다. "실패하면 우향우 해서 바다로 뛰어들자!" 백수의 왕 사자도 꿀벌 오소리는 건들지 않는다고 한다. 작고 힘도 별로지만 성깔이 지랄(?) 같아서다. 당신도 한 성깔 하시나? 자책할 거 없다. 그 성깔로 뜰 수도 있으니까. 그렇다고 좋아하진 마시라. 아시겠지만, 이거 칭찬 아니다. 위로 겸 경고다. 눈치 없이 성깔 부리던 꿀벌 오소리도 가끔 사자의 밥이 된다고 한다.

[고범24_120]

129

지능로봇

(피조물이 창조자를 넘어서는)

첫 번째

사

례

LP)

지능로봇은

빠르게 진화하고 있다.

신과 동물과 로봇 사이에서

인간들은 어중간한 존재가 되고 있다.

잘 정리된 방에 엉거주춤 놓인

못난이 인형이랄까.

일은 로봇들이 다 해 줄 거니까.

우리는 실컷 놀면 된다?

제발 꿈 깨시라.

알파고는 시작일 뿐이다.

지능로봇의 IQ는 측정이 안 된다.

우리 인간이 침팬지의 노예가 될 확률이

로봇이 우리 노예가 될 확률보다

두 배, 아니 열 배는

클 거다.

[고범24_121]

성공 사이클

(성공해야)

성공

한다.

LP)

모든 동물, 특히 사회적 동물은 본능적으로 강자
에게 붙는다(당연하지. 그래야 생존 확률이 높아
지니까). 인간 종도 그다지 다르지 않다. 사람들
역시 성공한 사람 주변으로 몰린다. 해서, 작더
라도 성공해야 한다. 성공하면 돕는 사람이 생
기고 돕는 사람이 생기면 더 크게 성공한다. 하
여, 더 많은 사람이 돕게 되고 점점 더 크게 성
공한다. 일테면, 성공의 선순환이다. 하니, 작든
크든, 성공이라는 이름의 사이클에 올라타라(하
루라도 아니 일 초라도 빨리). 잊지 마시라. 연
패한 사람이 '드디어 이길' 확률보다 연승한
사람이 '또다시 이길' 확률이 훨씬 높다는 사실
을.

[고범24_122]

사막

(오늘도 모래 위를 걷는)

어떤 생명이

있다.

LP)

　바람이 불면

　사막이 살아난다.

　바람은 저 멀리 바다로부터

　안개를 몰아와서 사막에 뿌린다.

　선인장이 안개를 뭉쳐서 이슬로 만든다.

　선인장 위에는 이슬을 먹고 사는 벌레들이 있다.

　당연히 벌레들의 천적인 도마뱀이 있고,

　도마뱀을 먹고 사는 독사도 있다.

　바람은

　사막을 깨운다.

　바람은 생명을 부르고

　생명은 사랑을

　부른다.

　[고범24_123]

가위, 바위

보
보
보

LP)

전 세계가 공유하는 게임이라면 단연 '가위바위보 게임' 일 거다. 사실, 누가 이 게임을 발명했는지는 불분명하다(중국과 일본이 서로 원조라고 주장하는데, 우리의 관심사는 아니다). 이들 셋은 강점이 다르다. 첫째, 가위의 강점은 예리함이다. 둘째, 바위의 강점은 묵직함이다. 셋째, 보의 강점은 유연함이다. 해서 가위는 보를 이기고, 보는 바위를 이기고, 바위는 가위를 이긴다. 셋은 서로 상극이지만, 인문학적으로는 조금 다르게 볼 수도 있다. 필자가 보기에는 셋 중 '보' 가 단연 대장이다. 일테면, 망치(바위)에 맞아 부서진 가위는 전혀 쓸모가 없다. 또 보에 붙잡힌 망치는 꼼짝을 못한다. 하지만 가위에 잘린 보는 길이가 다른 여러 개의 줄로 바뀔 수 있다. 그 줄들이 가위를 칭칭 감아 버릴 수 있다. 유감스럽게도, 한국은 긴 세월 중국이라는 망치에 얻어맞고 일본이라는 가위에 찢겨 왔다. 그러나 오늘날 한국은 수많은 줄이 되어 일본과 중국을 포함한 전 세계를 묶고 엮고 감싸고 있다. 한류라는 이름으로 말이다.

[고범24_124]

파리 대가리

(새는 머리를 비우고 하늘을 난다)

　인간은 머리를 비우고
　　뭘 할 거지?

　LP)
　　새들은
　　날기 위해서
　　무거운 두뇌를 비우고
　　기꺼이 새대가리가 되었다.
　　인간들은 뭐든
　　지능기계에 의존하면서
　　스스로 새대가리가 되고 있다.
　　기계들이 영리해질수록
　　인간은 바보가 된다.
　　새들은 언제라도
　　새대가리로 남을 테지만,
　　인간들은 부지런히 진화를 해서
　　언젠가는 귀염둥이(?)
　　파리 대가리가
　　될 거다.

　[고범24_125]

Reaction

(사랑 없는 리액션은 있어도)

리액션 없는 사랑은

없어요.

LP)

리액션도 게임 미학의 일부다. 축구가 극적이다. 득점한
선수는 팔을 높이 쳐들고 달린다. 주변의 선수들이 따라
달린다(마치 철새가 나는 것 같다). 농구에는 리액션이
거의 없다. 득점 후 바로 상대의 공격이 시작되기 때문이
다. 탁구는 리액션이 짧다(일단 공간이 없잖아). 야구에
선 리액션이 어렵다. 공을 치자마자 뛰어야 하니까. 리액
션의 진수는 배구에서 볼 수 있다. 긴장감이나 공간의 크
기 등이 리액션에 잘 맞는다. 배구 여제 김연경이 보여
주는 리액션은 그 자체가 멋진 볼거리다. 권투에서의 리
액션은 어색하다(다운당한 선수의 입장도 있는 거지). 리
액션은 인생사 전반에서 필요하다. 리액션은 삶에 활기를
불어넣는다. 승리 후에 샴페인 마시고 케이크 자르는 것
도 일종의 리액션이다. 우리나라 사람들은 리액션에 약
하다. 지난 5000년 동안 밤낮 얻어터지기만 했지, 좋은
의미든 나쁜 의미든, 시원하게 누구 패(?) 본 적이 없거
든.

[고범24_126]

독립기념관의 비단잉어

(사람도, 잉어도, 나라도)
뚱뚱해서 좋을 건
없지요.

LP)
독립기념관은
독립투사를 모신 장소다.
그러므로 독립기념관을 구성하는
모든 조형물과 동식물들은
특별히 독립투사들의
고고한 이미지와 걸맞아야 한다.
그래서 돼지처럼 뚱뚱해진 비단잉어는
눈살을 찌푸리게 한다. 말하자면,
이건 일제에 빌붙어 먹던
매국노 아저씨들의
이미지이다.
하긴,
이 귀한 나라가
그냥 통째로 넘어간 게
붕어나 잉어 탓은
아니지요.

[고범24_127]

문제

(문제가 없다는 게)

진짜로

문제다.

LP)

세상에는 다섯 종류의 문제가 있다. 첫째는 문제가 아닌 문제다(이게 가장 많다). 둘째는 답이 없는 문제다(이것도 많다). 셋째는 풀 수 없는 문제다(이것도 적지 않다). 셋째는 풀기가 너무 어려운 문제다(이건 별로 많지 않다). 넷째는 시간이 해결해 줄 문제다(이것도 꽤 된다). 다섯째는 노력해서 풀 수 있는 문제다(이건 적을 수도 있고 많을 수도 있다. 사람마다 다르다). 문제 풀이와 관련해서, 두 가지가 중요하다. 첫째, 문제의 정확한 유형을 알아야 한다. 둘째, 자신의 진짜 실력을 알아야 한다. 이 두 가지를 알면 반은 푼 거다. 풀 수 있는 문제를 정확하게 찾아서 집중할 수 있기 때문이다. 정말 안타깝다. 세상에는 '풀 수 없거나 풀 필요가 없는 문제에' 매달려서 끙끙대는 사람들이 너무 많다. 예를 들어, 죽음도 그중 하나다. 죽음은 전혀 풀 필요가 없는 문제다. 나비도 나팔꽃도 이 문제를 안 풀지만, 우리보다 훨씬 우아하게 죽지 않던가?

[고범24_128]

지구

(할 말이 있답니다)
지구가
우리 모두에게

LP)

☺.

✈。δ ʒ ε。

。無知。☠。ㅌ。

。ㅌㅌ ð hope。◍。💣。

。⌒!?¿ ∇ ~ †△。 はな。ʒɤ

ξ Ω。 Love ✈。 ㅗㄷㅣ ª ⅠJ 帀。。。

。✈✪⇨∧σ。 йㄴ。 æ◐✗✓⌘。💥。

。☠φχ戰爭Ꮽ》┊∅。 ħ ł ᵭㄴ。💥🐰☾。。。

☙✚。 hellωφα。。오염ʃʧᵬχʃʲ。。》。

✚。。 ⅠJ ł 80억 j Гㄴ ł æㅏ。 ずそ。

ㅏ 干。 hell∅χ。💣💣💣💣。

∧σφйё멸종✚✧。

φ☠☠☠☠∧。

??????。

☹.

[고범24_129]

우정

(내 경험에 따르면)

애정은 귀중하고,

우정은 소중하다.

LP)

애정의 중요성을 부정하는 건 아니지만, 평생을 두고 필요한 건 역시 우정이 아닌가 싶다(배우자도 길게 보면 친구에 가깝다). 친구가 되려면 일단 '지적, 경제적 수준'이 비슷해야 하지만 그 외에 세 가지 조건이 더 맞아야 한다. 바로〈가치관과 관심사와 비전〉이다. 이 세 가지 조건의 결합 형태에 따라 친구의 질 즉, 등급이 결정된다. 첫째, 세 가지 조건 모두가 같으면 A급이다. 둘째, 가치관과 관심사가 같거나 비전과 관심사가 같으면 B급이다. 셋째, 관심사가 같으면 C급이다. 세 가지 경우 모두 '관심사를 공유'하고 있다는 점이 매우 중요하다. 한마디로, 관심사가 다르면 진정한 의미의 친구는 되기 어렵다. 직장에서 친했던 친구가 은퇴 후에 소원해지는 일이 있는데, 그것은 직장이라는 공동의 관심사가 사라졌기 때문이다. 혹시 '조건상으로는 친구가 될 수 없는데' 친구 하자며 접근하는 사람이 있다면 일단 의심해 봐야 한다. 사기꾼일 가능성이 없지 않다.

[고범24_130]

썩은 사과

(썩으면 못 먹어요)
사과도
사람도
사랑도

LP)
썩은 사과 방치하면
다른 사과도
썩는다.

사랑도 좋고요,
용서도 좋고요,
아량도 좋지만,

박스째로 썩은 사과는
하느님도 구제
못 합니다.

[고범24_131]

국뽕

(한국이 독하게 덤빌 때)
마음 편하게
잠들 수 있는 나라는
없다.

LP)

　자뻑은 '스스로 취해서 뻑 간다'는 뜻이다. 한류와 함께
생긴 신조어다. 한국인이 고구려 이후 처음으로 자신감을
갖기 시작한 시점에 말이다. 자뻑이 국가 차원으로 확장된
개념이 '국뽕' 이다. 국뽕은 일종의 자긍심 높이기다. 세상
에 국뽕 안 하는 나라는 없다. 하긴 중국은 좀 지나친 감이
있다. 나라 이름부터가 국뽕이다. 자기들이 세계의 중심이
라는 얘기잖아. 영국도 둘째가라면 서럽다. '해가 지지
않는 나라'라는 표현 자체가 국뽕의 극치다(근데 그게 자
랑이 되나?). 할리우드 영화를 보면 어이가 없다. 어쩜 지
구를 구하는 주인공이 늘 미국인이지? 프랑스인들의 자국
어 사랑은 유명하지만, 그들이 으스대는 게 언어만은 아
니다. 나의 인도인 친구가 침울한 표정으로 말했다. "Our
great India is hopeless." 그는 특히 'great'라는 말에
힘을 주었다. 지나친 국뽕을 걱정하는 사람이 있다. 쓸데없
는 걱정이다. 우리의 1인당 국뽕 수준은 아직도 후진국이
다.

[고범24_132]

벼

(벼는 익을수록 고개를 숙인다)
단, 너무 숙이지는
않는다.

LP)
벼들은
열매를 맺으면
서서히 말라서 죽어간다.

벼들이
죽는 과정에서
누구도 슬픔으로 울거나
고통으로 비명을 지르지 않는다.
그저 조용히 운명을
받아들인다.

늦가을의 논들은
황금물결로 출렁인다.
세상에 이렇게 아름답고
청정한 죽음이 또
있을까?

[고범24_133]

내 편

(한 명은 있어야지)

확실한

내

편

LP)

거친 세상을 살아가기 위해 꼭 필요한 게 있다. 세
가지다. 〈조국과 스마트폰과 내 편〉. 확실한 내
편이 있으면 위기처리 국면에서 도움이 된다(아니
엄청나게 도움이 된다). 첫째, 위기를 빠르고 합리
적으로 처리할 수 있다. 둘째, 위기처리 과정에 수
반되는 스트레스를 줄일 수 있다. 셋째, 2차 위기의
발생을 막을 수 있다. 아무리 똑똑한 사람도 갑자기
위기가 닥치면 침착성을 잃기 쉽다. 그로 인해 우왕좌
왕하거나 더 큰 위기를 부를 수도 있다. 내 편의 존재
가 바로 이런 점을 보완해 줄 수 있다.

실례지만, 결혼하셨나요?

전 결혼했습니다. 망설이다 결국 했습니다. 살아 보
니, 다른 건 몰라도, 이거 하나는 꼭 필요합디다. 영
원할 순 없겠지만, 하늘 아래 '확실한 내 편' 말입니
다.

[고범24_134]

情

한 生,
한 임,
한 情.

LP)

그 안으로

근거 없는 희망들이

강물처럼 흐르는 전깃줄에

조국과 혁명과 하느님이 앉아 있는데,

정숙한 새총을 섹시하게 쏘아서

천국을 나는 구미호를

99마리 잡았다면

너와 내가

한때 머물다 간

저 깊은 愛慾의 미로에서는

우리 얘기를 날(raw)로 기억하여

별을 노래하는 장미들이

순수의 이름으로

몇 송이나

피려나.

[고범24_135]

귀인

(자, 건배합시다)
우주에서
가장 귀한 이를
위하여

LP)

사전을 중요도 순으로 배치한다면 첫 번째 단어가 '생명'일 거다. 한마디로, 모든 생명은 그 자체로 걸작이고 명품이다. 그래서 하는 말인데, 참으로 한심하지 않은가? 다들 쓸데없는 비교로 풀이 죽는다. 개구리는 토끼에게 진다고 풀이 죽고, 토끼는 늑대에게 진다고 풀이 죽고, 늑대는 사자에게 진다고 풀이 죽고, 사자는 인간에게 진다고 풀이 죽는다. 만물의 영장이라는 인간도 바이러스 앞에선 풀이 죽는다. 하나 묻자? 이토록 광대무변한 우주에서 가장 귀한 이가 대체 누구인가? 그렇다. 바로 '나'다. 신을 신이게 하고 우주를 우주이게 하는 인지의 주체 바로 '나' 말이다. 동의한다. 과학적으로는 지동설이 맞다. 지구가 태양을 도는 게 확실하다. 하지만 인문학적으로는 지동설과 천동설 둘 다 틀렸다. 하늘에 맹세코(아니 맹세까지는 아니고) '나동설'이 맞다. 온 우주가 나를 중심으로 돈다.

[고범24_136]

145

多多益善

질병도
?

LP)
기왕
태어난 세상인데
다양한 경험을 시켜 달라고
하느님께 간절히
기도했다.

하여,
사랑의 하느님이
내 기도를 들어주셨는데,
하필 그게 질병이다.
여러 가지 병을
주신 거다.

헷갈린다.
기도를 들어주셔서
감사하기도 하고 또 뭔가
아닌 거 같기도
하고.

[고범24_137]

책임

(과거를 묻지 말라고?)

누구

맘대로?

LP)

이 세상 모든 경전에 이 말이 반드시 있다. "남의 물건을 탐하지 말라." 즉, 남의 물건을 탐하면 안 된다는 건 절대 진리다. 하여 탐하는 것도 나쁜 일인데 빼앗는 일은 더 말할 것도 없다. 맞다. 이유 불문하고 빼앗는 일은 정당화될 수 없다. 나라는 국민으로 구성된다(영토와 주권도 필요하지만 가장 중요한 건 역시 국민이다). 나라를 빼앗으면 그 나라 국민 모두에게 지대한 피해를 준다. 다시 말해서, 나라를 빼앗는 일은 명백하고 심각한 범죄다. 이 범죄에 대한 책임은 빼앗는 나라의 모든 국민이 져야 한다(그 후손까지 포함해서 말이다). 나는 빼앗는 일에 참여하지 않았다는 말로 면책이 될 수는 없다. 논거는 간단하다. 첫째, 빼앗길 짓을 하지 않았다고 해서 재앙이 면해지지 않는다는 점에서 그러하다. 둘째, 빼앗는 일에 참여하지 않았다고 해서 빼앗은 걸 누리는(?) 일이 면해지지 않는다는 점에서도 그러하다.

[고범24_138]

147

공유

LP)

연결이 대세다.

이 세상 모든 사물이 연결되고

연결의 필연적인 결과로써

공유경제가 시작된다.

차가 공유되고,

아파트가 공유되고,

자동차가 공유되고 있다.

결국 인간의 두뇌들이 연결되는

IOB(Internet Of Brains) 시대가

열리게 될 것인바,

사람들의 신체와 정신이 연결되고

경험과 기억들이 공유되어

하나가 될 것이다.

이런 공유의 시대에서

나는 무엇이고 죽음이란

또 무엇인가?

[고범24_139]

현세주의

(여기서 지금 주세요)

부처님

예수님

조상님

LP)

대충 말해서, '현세주의'는 이승을 철저하게 즐기자는 사상이다. 현세주의의 반대 개념이 '탈 현세주의'다. 다시 말해서, 현세 이상으로 내세를 중시하는 게 탈 현세주의다. 탈 현세주의 국가로는 인도가 대표적이다. 천국의 존재를 믿는 서구도 그런 경향이 있다. 자연재해가 많은 일본은 숙명론이 강한데 이것도 일종의 탈 현세주의다. 탈 현세주의 사람들은 이승에서의 기대 자체가 별로 없다. 현실을 잘 참고 견디는 게 그래서다. 역설적으로, 사람을 쉽게 죽이는 것도 그래서다. 서구의 결투나 일본의 가미카제도 탈 현세주의에서 나온 거다. 한국은 전통적으로 현세주의가 강하다. 생명을 중히 여기는 이유가 그래서다. 당연히 이승에서의 기대 수준이 매우 높다. 기대가 큰 만큼 현실에서의 실망도 클 수밖에 없다. 이제 아시겠는가? 왜 한국의 행복지수가 낮은지.

[고범24_140]

우산

1000년 전의 우산은? ☂
현재의 우산은? ☂
1000년 후의 우산은? ☂

LP)

우산은
쉽게 살이 부러지고,
강풍이 불면 홀라당 뒤집히고,
옆으로 내리는 비에는
속수무책인데,
신라 시대나 지금이나
별로 달라진 건 없어 보인다.
모든 게 변하고 진화하는 세상에서
우산만은 초지가 일관이다.
정말이지 지조가
쩐다.

[고범24_141]

풀어야 시원한 것

코와

수학 문제와

썰

LP)

약간 속된 표현으로 '썰' 을 푼다는 말이 있다. 이거 한자의 설(設)에서 유래된 단어 아닌가 싶다(필자의 짐작이다). 질과 양 모두에서 썰의 선진국이라면 단연 프랑스다. 이 사람들 정말 지치지도 않고 썰을 푼다. 파리에 카페가 많은 게 그래서일까? 약간은 재미로, 필자는 '썰행일치' 라는 사자성어를 만들었다. 간단하다. 썰과 행동이 일치한다는 뜻이다. 인터넷과 유튜브가 대중화되면서 소위 Storyteller 가 뜨고 있다. 해서, 여기저기서 온갖 종류의 썰이 넘쳐난다. 촌철살인! 다들 말은 청산유수다. 하지만 그들 대부분은 별로 감동을 주지 못한다. 왜냐하면 썰행일치하지 못하기 때문이다. 즉, 말 다르고 행동 다르다(근사한 건 말뿐이라는 얘기다). 필자는 특별히 네 분을 좋아한다. 김구, 정도전, 정주영 그리고 영웅 칭기즈 칸이다. 이들의 공통점이 무엇인가? 이른바 썰행일치의 전형이라는 점이다.

[고범24_142]

151

사랑

(둘 중 하나는 죽어야)

비로소 빛나는

것

LP)

변화는

우주의 제1원리이다.

삼라만상이 끊임없이 변화한다.

그러나 예외가

있다.

바로

<사랑>이다.

영원히 변치 않는

불변의 사랑

말이다.

[고범24_143]

야망

(소년이여, 야망을 가져라!)

단,

소년일 때

만

LP)

요즘 드라마에서 이런 모습 참 자주 본다. 야망(욕심을 조금 폼 나게 표현한 말)을 가진 주인공이 있는 돈 없는 돈 끌어모아서 주식에 투자한다. 물론 믿을 만한 정보가 있어서다. 기대한 대로 산 주식이 두 배 오른다. 주인공은 희희낙락한다. 계속해서 세 배 오르고 네 배 오른다. 주변에서 그만 팔라고 권한다. 하나 주인공은 열 배 오를 거라며 배짱을 튕긴다. 그러다가 하루아침에 폭락해서 깡통 찬다. 정말 어리석다. 그렇지 않나? 필자라면 두 배 올랐을 때 일단 51%를 팔 거다. 그렇게 본전을 확보해 둔다. 그리고 나머지(49%)로 열 배 오르길 기다린다. 이제 설사 하루아침에 폭락한다고 해도 문제 될 게 없다. 어차피 잃은 건 없잖아(아니, 인건비 1%는 건졌지). 그래서 하는 말이다. 우리가 사는 세상이 '도 아니면 모' 가 아니다. 그 사이에 개와 걸도 있다. 아 윷도 있구나.

[고범24_144]

독도

(혼자라서 아름답다)
너도, 나도
섬도

LP)
독도는 혼자다.
오늘도 혼자고,
내일도 혼자다.

독도는
혼자라서 강하고
혼자라서 빛나고
혼자라서 외롭다.

하여,
바람이 불든 말든,
파도가 치든 말든,
독도엔 꽃이 피고,
독도엔 꽃이
진다.

[고범24_145]

154

역설

(과일만 그런가?)

1등으로 익으면

1등으로 먹힌다.

LP)

다 그런 건 아니지만, 사람 사는 게 역설로 보일 때가 많다. 신기하게도 양극단은 통한다. 수학적으로 원주의 한 점에서 가장 가까운 점과 가장 먼 점은 동일하다. 그래서 일까? 우리는 종종 동쪽에 있는 문제의 답을 서쪽에서 발견한다. 아닌가? 숙여야 높아진다. 힘을 빼야 힘을 얻는다. 잘 싸지 않으면 잘 먹을 수 없다. 해서 더 높이 오르려면 일단 내려가야 한다(바다가 저리 커진 건 열심히 내려갔기 때문이다). 하니, 완전하게 버린 다음에야 완전하게 채울 수 있다. 윤회의 본뜻은 苦와 樂이 돌고 돈다는 뜻이다(불교의 윤회와 힌두교의 윤회는 다르다). 존경하는 국민 여러분! 여러분은 진정으로 한반도의 평화를 원하십니까? 그렇다면 어떻게든 핵무장을 해야 합니다. 누구와 붙어도 공멸(?)이 가능한 수준으로 말입니다. 일테면, 대만에 핵무기가 300개쯤 있고, 그게 모두 북경을 향한다면? 이런 상황에서도 중국은 대만을 공격할 수 있을까요?

[고범24_146]

155

오늘의 영웅

(영웅이 스마트폰보다)
쓸모
있나?

LP)
지금까지의 역사는
영웅을 위한 영웅에 의한
말하자면 영웅들의 역사이다.

그러나 원자탄과 수소탄이
장마 뒤 딸기처럼 흔해진 지금에는
영웅이고 나발이고 다 웃기는 짬뽕인 거다.
핵전쟁이 일어나면 이기나 지나
개뼈다귀 하나 남지
않는다.

원래 영웅과 민중의 차이가 횃불과 반딧불 정도인데,
이제 태양(핵무기와 인공지능)이 떠오르면서
횃불과 반딧불이 도긴개긴이 된 거다.
민중의 시대를 기다렸지만
이런 식은 아니다.
ㅠ ㅠ.

[고범24_147]

결심

(깨지니까 얼음이고)

깨지니까

결심이다.

LP)

사자성어 '作心三日'을 아시는가? 아무리 굳은 결심도 3일을 못 넘긴다는 뜻이다. 결심의 성공 확률을 획기적으로(?) 높이는 5단계 전략이 있다. 언필칭〈5단계 결심 강화법〉말이다. 1단계는 결심을 스스로 다짐하는 거다. 다만, 마음으로만 다짐하지 말고 음성으로 '크게' 말하는 게 중요하다. 2단계는 글로 크고 진하게 써서 벽에 붙이는 거다. 3단계는 결심을 누군가에게 알리는 거다. 알리는 상대가 비중이 있는 인사면 당연히 더 좋다. 4단계는 자신이 믿는 신에게 맹세하는 거다. 이 경우 맹세의 징표로 헌금이라도 하면 훨씬 낫다(단, 액수가 너무 작으면 안 된다). 5단계는 합리적이고 구체적인 계획을 세우는 거다. 하나 마나 한 애기지만, 합리적이고 구체적인 계획이 세워지면 성공 확률이 크게 증가한다. 아카데미상에 빛나는 영화〈기생충〉에서 송강호가 아들에게 하던 말이 생각난다.

"아들아, 너는 계획이 있구나!"

[고범24_148]

금붕어

∝

∝   ∝   ∝   ∝

∝ ∝ ∝ ∝ ∝ ∝ ∝ ∝ ∝

∝   ∝   ∝   ∝

∝

LP)

뒷산에다

금붕어를 묻고

비에 젖어 돌아온 나에게

엄마는 말했어요.

학교 늦겠다.

[고범24_149]

돈과 지성

(둘 다 가지세요)

지성은 많이.

돈은 적당히,

LP)

사람들은 돈도 원하고 지성도 원한다. 여기서 지성이란 오성과 성찰 등의 '지적 자산'을 의미한다. 굳이 비교하자면 지성이 돈보다 낫다. 첫째, 돈 버는 경쟁은 소위 제로섬 게임이다(성장이 정체된 환경을 전제하면 그렇다). 즉, 누군가 10을 얻으려면 누군가는 10을 잃어야 한다. 해서 당신이 부자가 되었다는 건 누군가 피눈물을 흘렸다는 뜻이 된다. 반면 지성은 아무리 단계가 높아져도 남들에게 피해를 주는 일이 없다. 둘째, 돈은 '강아지처럼' 우리가 챙겨 줘야 하지만 지성은 '엄마처럼' 우리를 챙겨 준다. 셋째, 돈도 지성도 남들에게 나눠 줄 수 있지만, 이 과정에서 치루는 비용이 다르다. 즉, 돈과는 달리, 지성은 남들에게 나눠줘도 내 것이 줄어들지는 않는다. 오히려 나눠 줌으로서 더 풍요로워지는 점도 있다. 세상에 돈만 있는 사람은 있어도 지성만 있는 사람은 드물다. 고급 지성을 가진 사람은 당연히 지식이 많은데, 그 지식 중에는 '돈 버는 지식'도 포함되기 때문이다.

[고범24_150]

사나이

여자는 남자를 좋아하고,
숙녀는 사나이를 좋아한다.

LP)
사나이는
내공, 외공, 예능 등
세 종류의 무기를 갖춰야 한다.

첫째, 내공은 신념과 철학을 상징한다.
세상을 넓고 깊게 통찰하고
삶을 관조하게 해주는
인문학적 무기
말이다.

둘째, 외공은 힘과 지혜를 상징한다.
처자식을 안전하게 지켜주는
세속적 무기 말이다.

셋째, 예능은 재미와 행복을 상징한다.
가족과 함께 친구와 이웃들을
기쁘고 즐겁게 만들어주는
오락적 무기 말이다.

[고범24_151]

사치

(자유의)

완
성

LP)

자유는 평등에 우선한다(내 생각은 그렇다). 자유인으로
서 최소한 한 가지는 사치를 누리며 살아야 한다. 즉, 그
거 하나만큼은 아낌없이 쓰는 게 있어야 한다는 거다. 아
니면 그건 사람으로 사는 게 아니다. 아시나? 동물 중에
서 사치를 추구하는 종은 인간뿐이다. 일테면, 최소한 한
달에 한 번은 나를 위해 호사하는 게 있어야 한다. 친구
들이 "야! 그렇게 돈을 막 써도 되니?" 라고 묻는 사치가
있어야 한다는 거다. 하니 언필칭 '일점 호사주의(한 가
지는 최고를 누린다)' 는 일리가 있다. 필자의 경우는 그
일점이 자주 바뀐다. 한때는 책 사는 일에 돈을 썼다. 한
때는 해외여행에 꽤 많은 돈을 썼다. 스포츠에 쓴 적도
있다. 연애도 빼놓을 수 없다. 지금은 뜬금없이 속도위반
과태료에 돈이 들어간다. 조심한다고 하는데 나도 모르
게 속도가 올라간다. 필자의 세대에겐 전쟁과 가난과 민
주화 투쟁이 거의 일상이었다. 그 과정에서 많은 욕구들
이 억눌려 왔다. 그게 과속의 형태로 폭발하나? 이제 와서
왜?

[고범24_152]

밖에 누구세요?

어,
눈이네.

LP)
흰 눈은
백색의 블랙홀.
산과 들을 하얗게 삼키고,
오래 묵은 소나무를 하얗게 삼키고,
나는 새와 뛰노는 아이들을 하얗게 심긴다.
나중엔 온 세상의 희로애락을 통째로 낚아채서
차고, 맑고, 하얗게 삼켜 버린다.
그리하여 크거나 작고,
높거나 낮은 것들이 다 사라지면
마지막으로 남아 있는 자신마저 삼킨다.
오, 하느님! 이제 세상에는
너도 없고, 나도 없고,
존재 그 자체도
없어요.

[고범24_153]

사극

(자랑스럽고 안쓰럽고 짜증스러운)

조상님, 조상님, 우리

조상님

LP)

우리나라 사극은 정치적 권모술수가 넘쳐난다. 중간에 사랑 얘기가 들어가지만 전체적으로는 권모술수의 경연이다. 묻고 싶다. 서양 사람들이 그토록 심혈을 기울인 주제들, 일테면 철학, 수학, 과학, 심리학, 천문학, 물리학에 관해서 우리 선조들은 왜 그리 무심했나? 특히 조선의 사대부들에게 묻고 싶다. 그래, 머리 싸매고 연구할 게 공자 왈 맹자 왈밖에 없었나? 일테면, 왜 페르마의 정리를 내는 분도 푸는 분도 없었나. 왜 큰 배 만들어서 태평양 건널 생각은 하지 않았나? 그 많은 수재와 천재들은 왜 평생을 정치적 권모술수에만 매달린 거지?(정적을 패죽이고 죄 없는 식솔들을 노비로 만드는 일 말이다). 땅은 넓고 바다는 더 넓다. 세상은 신나는 도전거리로 넘쳐난다. 옛날엔 더 그랬다. 우리 화폐의 초상을 보면 자랑스럽기도 하고 짜증도 난다. 때로는 박박 지우고 싶다(아, 두 분은 빼고). 궁금하다. 백 년 후 2024년을 다룬 사극을 보고 우리 후손들이 뭐라고 하려나.

[고범24_154]

163

빅뱅

하느님이 빅뱅을 만든 거야?
빅뱅이 하느님을 만든 거야?

LP)

사람은
현재에 살면서
머나먼 미래를 생각한다.
유한한 삶 속에서 영원을 사색한다.
한 뼘의 땅 위에서도 무한의 우주를 본다.
하여 139억 년 전의 대폭발, 즉
빅뱅이 만든 것은 두 개의 우주인데,
각각을 '+우주'와 '-우주'라고 부른다.
이 둘은 물질(+물질)과 반물질(-물질)로 구성된다.
둘은 합쳐질 경우 0(혹은 無)이 되는 개념이다.
즉, (+우주)+(-우주)=無 식이 성립한다.
우주와 만물이 아무것도 없는 상태
즉, 無에서 나왔다는 얘기다.
有와 無가 한통속이라는
노자 선생 말씀이
이거였나?

[고범24_155]

혁신주의와 장인주의

(둘 다 바쁩니다)

한국인은 뛰고,
일본인은 판다.

LP)

언필칭 '덕후 문화'와 '노마드 문화'는 기질적으로 양극단이다. 즉, '원하는 걸 얻기 위해서' 전자에서는 수직으로 이동하고, 후자에서는 수평으로 이동한다. 해서, 덕후 문화에선 장인주의가 나오고, 노마드 문화에선 혁신주의가 나온다. 첫째, 국민을 덕후로 만드는 방법이 있다. 강제로 수평 이동을 금지하면 된다. 예를 들어, 분수(자기 자리를 지킴)를 국시로 삼으면 된다. 일본이 대표적이다. 둘째, 국민을 노마드로 만드는 방법이 있다. 나라에 자원도 없고 내수도 없으면 된다. 즉, 수출로 먹고살게 하면 된다(수출은 글로벌 시각을 부르고, 글로벌 시각은 혁신은 부른다). 한국이 대표적이다. 이치로 볼 때 덕후는 정적인 사회(혹은 시대)에서 유리하고, 노마드는 동적인 사회에서 유리하다. 역사와 지형과 기질의 관점에서, 대한민국의 혁신주의와 일본의 장인주의는 거의 운명적이다. 여건상 바꾸기는 어렵다는 뜻이다. 가는 길이 너무 다른데, 시간은 누구 편일까?

[고범24_156]

삼위일체

(나는 나였으므로 나이고)
앞으로도
나일 것이므로
납니다.

LP)

그래서 말입니다.
오늘의 '나' 가 살 수 있는 것은
어제의 '나' 가 애써 살아 주었기 때문입니다.
하여 오늘의 '나' 가
열심히 살아야
하는 것은
오늘이 가고 내일이 오기를 기다리는
내일의 '나' 가 있기 때문입니다.
하여 우리의 '나' 세 명은
하나가 셋이면서,
또 셋이 하나
입니다.

[고범24_157]

7망조

(때로는)

나라가 망해야
국민이 삽니다.

LP)

어떤 나라가 망하는지 알려면 7가지를 보면 된다. 우리는 이를 '7망조' 라고 부른다. 첫째, 부패지수가 높다. 남베트남이 망할 때 부패지수가 극에 달했다. 둘째, 포퓰리즘이 판친다. 부유했던 아르헨티나가 그렇게 병들었다. 셋째, 산업의 기본을 버린다. 제조업을 버리고 금융업을 선택한 영국이 비틀거리는 이유다. 넷째, 교육 수준이 낮다. 인도는 문맹률부터 낮춰야 한다. 다섯째, 다양성이 부족하다. 산업적 다양성이 부족하면 하루아침에 망할 수 있다. 중동의 석유 왕국들은 미래를 대비해야 한다. 여섯째, 문화적으로 퇴폐한다. 로마나 청나라가 그렇게 망했다. 일곱째, 하늘이 안 도와준다. 아무리 노력해도 전쟁, 지진, 가뭄이 끊이지 않으면 방법이 없다. 우크라이나가 걱정이다. 일부 후진국들이 문제인 건 7망조 대부분에 해당한다는 점이다. 7망조를 이용해서 다음과 같은 질문에 답할 수 있다. ① 조선은 먹힐 만했는가? ② 박정희의 군사혁명은 정당성이 있는가? ③ 2024년의 대한민국은 과연 망하고 있는가?"

[고범24_158]

167

쓰레기

(쓰레기장에 왔는데)

왜

너를 버리고

쓰레기를 들고 가니?

LP)

우리 주변이 깨끗한 것은

어딘가 쓰레기통이 있기 때문이다.

더러움과 깨끗함은 동전의 양면 같은 거다.

하여, 건강한 상태란 그냥 깨끗한 상태가 아니라

깨끗한 상태와 더러운 상태가 조화를 이룬 상태이다.

그래서 너무 깨끗한 물에는 물고기가 살 수 없다는 거다.

우리와는 달리, 일본인들에게는 이질이 치명적이다.

일본인들의 대장은 매우(혹은 너무) 깨끗해서

일단 이질균이 침입하면 빠르게 번식하기 때문이란다.

반면, 우리의 대장에는 다양한 세균들이 상주(?)하고 있어서

이질균이 들어와 봤자 바로 왕따란다(나도 들은 얘기다).

만일 친구들이 성인군자뿐이라면 좀 피곤할 거다.

다소 부실하고 너절한 세속 친구도 있어야

시시덕거리며 피로도 풀 것 아닌가.

때도 너무 박박 씻으면

안 좋다지 아마.

[고범24_159]

168

노예근성

(노예든 뭐든)

좋으면

해야죠.

LP)

인간을 포함한 사회적 동물은 고립을 싫어한다. 그래서 강자에 기대는 거다. 강자와 한편 먹으면 자기도 강자의 일부가 된 느낌이 들기 때문이다. 쉽게 말해서 존재감이 생긴다는 말이다(나쁘게 말하면, 왜곡된 노예근성이다). 자존감이 약하거나 무력감에 빠진 사람일수록 더 그렇다. 국민 전체가 이런 무력감에 빠지는 경우도 있다. 일찍이 히틀러와 스탈린이 이런 대중들의 무력감을 이용했다. 이런 식의 존재감은 복종의 대상이 강할수록 더 효율적으로 얻어진다. 지독한 독재가 그래서 가능해진다(이 경우 독재자와 국민은 일종의 공생관계에 있는 거다). 이해하기 어렵지만, 가난한 국민이 독재자의 호의호식을 참아 주는 기현상이 그래서 가능하다. 이 경우 독재자의 호의호식은 강자임을 상징하는 한 가지 표식으로 기능한다. 그런 독재자가 밉지만, 또 한편으로는 그와의 동일시로 인한 대리 만족의 측면도 있다는 거다.

[고범24_160]

169

결혼

(슬프고 아름다운)

성인용

우

화

LP)

 결혼한 남녀는 서로에게

 객이면서 동시에

 주인으로

 된다.

 주인과 객은

 묵은 차와 술을 마시며

 오래 참고 있던 이야기를 시작한다.

 이야기는 삶이 되고 삶은

 다시 드라마 되어

 숱한 사연들이 피고 또 지면서,

 두 사람은 거친 세상과 하나가 되어 간다.

 그렇게 한 시절이 냇물처럼 흐르고

 해묵은 숙명처럼 이별이 오면

 객은 안개처럼 떠나고

 주인은 이슬처럼

 남는다.

[고범24_161]

170

문화

(우열은 없지만)

방향은

있어요.

LP)

맞다. 문화에는 우열이 없다. 단, 이 말은 '문화다운 문화' 에만 적용된다. 세상에는 도저히 문화라고 부르기가 민망한 '문화답지 않은 문화' 도 여전히 존재한다. 예를 들어, 어떤 나라는 독립 후의 첫 조치로 여성 투표권을 박탈했단다. 어떤 나라에서는 남편이 죽으면 부인도 같이 묻는단다. 산 채로 말이다. 어떤 나라에는 지금도 노예 비슷한 게 있단다. 이러니 문화에는 우열이 없다는 주장에 완전히 동의하기가 어려운 거다. 정말 문화에 우열이 없다면 전 세계적으로 문화가 방향성을 갖는 것처럼 보이는 이유가 뭐지? 일테면, 많은 국가에서 '정도 차이는 있지만' 아동의 인권, 여성들의 지위, 빈자에 대한 대우가 개선되고 있다. 장애인에 대한 배려도 늘어나고 있다. 대체로, 후진국의 문화가 선진국의 문화를 닮아 가고 있는 것도 사실이다. 정말로 문화에 우열이 없다면, 대한민국에서 보신탕이 빠르게 사라지는 걸 어떻게 설명하지? 참고로, 필자는 보신탕을 좋아한다. 왜? 맛있잖아.

[고범24_162]

때

(갈대야!)

넌
갈 때를
아니?

LP)

봄이 가고

여름이 오는 것은

다만 계절의 흐름일 뿐이고,

꽃이 피고 지는 것은 세월의 흐름이

그러할 뿐, 인생사 인연 따라서

흐르고 또 흘러갈 것이라,

오는 인연 막지 말고

가는 인연 잡지

마시라.

다만,

오늘도 부질없는

상념의 투정은 막을 수 없어,

지나간 인연들은 문득

그립고 아련한

것임을.

[고범24_163]

거짓말

(속기도 하고 속이기도 하고)

그렇게

삽니다.

LP)

제가 뭐 성인군자도 아니고, 사람이 어떻게 참말만 하면서 삽니까? 이렇게 거칠고, 복잡하고, 변덕스러운 세상에 살면서 말입니다. 사실 저라는 사람은 태생적으로 그리 강직한 인물이 못 됩니다. 예, 저 역시 거짓말 좀 하며 삽니다. 하지만 저 나름 세 가지 원칙은 지킵니다. 언필칭 '거짓말 3대 원칙' 말입니다. 첫째, 남들보다 많이는 안 합니다. 둘째, 필요 없는 거짓말은 안 합니다. 셋째, 너무 심한 거짓말은 안 합니다. 그러니까 '하느님과 조상님을 포함해서' 누군가에게 커다란 누가 되는 거짓말은 안 합니다. 혹시 이 책에도 거짓말이 있냐고요? "No" 아닙니다. 최소한 제가 쓴 책에는 거짓말이 없습니다. 만에 하나 있다면 의도한 게 아닙니다. 하늘에 두고 맹세할 수 있냐고요? 예, 맹세할 수 있습니다. 하지만 의심하기로 말하면, 하늘은 믿을 수 있나요? 자, 보세요. 우주 자체가 끝없이 변하고 있잖아요(모르세요? '팽창 우주론' 말입니다).

[고범24_164]

가면

(잠시 가면을 쓴 거라고?)

아냐,

이게

너야.

LP)

아마존에는

별게 다 있어요.

벌레보다 더 벌레 같은

나뭇잎도 있고요,

나뭇잎보다 더 나뭇잎 같은

벌레도 있습니다.

위장술의

진정한 고수라면

대한민국에도 있습니다.

신성한 사찰과 교회에도 있고,

상아탑인 대학에도 있고,

청와대는 물론이고,

국회에 가 보면

바글-바글

합니다.

[고범24_165]

소통

(개는 주인이 말할 때)

열심히

듣는다.

LP)

인간이라는 종의 가장 큰 특징은 무엇일까? 필자의 생각에는 바로 '다름' 이다. 사람은 저마다 다르다(여타 동물에 비해 훨씬 심하다). 당연히 눈도 다르다. 눈이 다르니 보는 것도 다르다. 보는 게 다르니 믿는 것도 다르다. 하여 시인은 시의 눈으로 보고, 과학자는 과학의 눈으로 본다. 장사꾼은 돈의 눈으로 본다. 남자와 여자도 다르다. 남자는 정자의 눈으로 보고 여자는 난자의 눈으로 본다. 정자와 난자의 입장이 다르므로 남녀의 성적 태도가 다른 거다. 나라 간의 차이도 있다. 즉, 일본인은 일본의 눈으로 보고, 중국인은 중국의 눈으로 본다. 물론 한국인은 한국의 눈으로 본다. 눈이 다른 게 장점도 있고 단점도 있다. 즉, 합치면 여러 측면을 볼 수 있다는 점에서는 장점이고, 다툼을 피할 수 없다는 점에서는 단점이다. 하여, 모든 불행의 제1 요인은 다름으로 인한 소통 부재이다. 근데 '신기하게도' 인간은 인간과의 소통이 가장 어렵다. 개를 길러본 사람은 무슨 말인지 아실 거다.

[고범24_166]

깻잎

(잎새 나라에선)

깻잎이

왕이다.

LP)

지구에 불시착했을 경우,

주변이 깻잎뿐이라면 거긴 한국 맞다.

세상에 깻잎 통조림이 있는 나라는 한국뿐이다.

한국인들이 깻잎을 좋아하는 건 서로 닮아서일 거다.

첫째, 깨는 척박한 땅에서도 잘 자란다(한국인처럼 말이다).

둘째, 깻잎은 쉽게 찢어지지 않는다(한국인처럼 말이다).

셋째, 깻잎은 그 맛이 담백하다(한국인처럼 말이다).

깻잎을 냇물에 띄워 보면 놀랄 정도로 멀리 간다.

땅에 떨어진 깻잎은 세상의 어떤 잎새보다

그 푸른빛이 오랫동안 지속된다.

한국인이 그런 것처럼 말이다.

[고범24_167]

허물

(뱀도 나비도 인간도)
허물을 벗어야
실물이 삽니다.

LP)

나비는 딱 한 번 허물을 벗는다. 뱀은 다르다. 주기적
으로 허물을 벗는다. 필자는 뱀의 허물벗기에서 한 가
지를 읽는다. 바로 '주기적인 기득권 해체' 다. 뱀은
무기가 별로 없다. 매처럼 날개를 가진 것도 아니고,
사자처럼 발톱을 가진 것도 아니며, 치타처럼 빠른 다
리를 가진 것도 아니다. 뱀이 가진 무기는 딱 하나 '간
결함'이다. 이 소박한 무기로 뱀은 굴도 들어가고 나
무도 타고 상대를 칭칭 감을 수도 있다. 그런데 문제가
있다. 세파에 시달리다 보면 하나둘 군더더기(우리로
말하면 기득권이나 관료주의)가 붙게 되고, 이들이 껍
처럼 붙어서 운행을 방해한다. 이로써 간결함이라는 무
기가 점점 무뎌지는 거다. 뱀은 주기적으로 허물을 벗
음으로써 이런 껍딱지를 털어 내고 원래의 간결함을 회
복한다. 여러모로 한국인은 뱀을 닮은 점 이 있다. 냉철
하다는 점에서, 현실과 실용을 중시한다는 점에서, 그리
고 주기적으로 기득권(정권)을 해체시킨다는 점에서 그렇
다.

[고범24_168]

177

종로

썩어도 준치,
늙어도 종로.

LP)

  그야말로 한창나이에,
  나는 잘 다니던 회사를 때려치우고
  서울로 이사해서 종로2가에다 짐을 풀었다.
  여기가 대한민국의 자궁에 해당한다고 생각해서다.
  나는 오전엔 종로의 책방에서 책을 읽었고,
  오후엔 종로의 학원에서 수강했으며,
  저녁엔 종로의 술집에서 격하게 토론을 벌였다.
  하여, 종로의 땅에서는 氣를, 종로의 책방에서는 知를
  그리고 종로의 젊은이들에게선 勇을 받아들였다. 1년 후
  氣, 知, 勇을 충분히 흡수했다고 생각한 나는 강호(?)로 돌아갔다.
  하여, 오늘의 나에게는 차와 아파트와 두 딸이 있으며
  World Cup 4강의 자랑스러운 조국이 있다.
  이 험악한 세상에서 이 정도면
  성공한 거 아닌가.
  아닌가??

[고범24_169]

미얀마 국민 여러분!

(방정식의 차수를)

줄이세요.

확.

LP)

미얀마의 시민운동이 거세다. 참 안쓰럽다. 미얀마의 정치 상황은 보는 관점에 따라 다르다. 첫째, 국가의 관점에서 볼 수 있다. 둘째, 종족의 관점에서 볼 수 있다. 셋째, 이념의 관점에서 볼 수 있다. 넷째, 종교의 관점에서 볼 수 있다. 다섯째, 지리적인 관점에서 볼 수 있다. 여섯째, 기득권의 관점에서 볼 수 있다. 일곱째, 강대국들 간의 이해라는 관점에서 볼 수 있다. 여덟째 뒤얽힌 역사의 관점에서 볼 수 있다. 아홉째, 국민들의 경제/교육/문화라는 관점에서 볼 수도 있다. 해서, 대충 봐도 9차 방정식이다. 수학적으로 5차 방정식의 일반해는 존재하지 않는다. 9차 방정식은 말할 것도 없다. 해서, 굳이 풀려면 특수해로 접근해야 한다. 사실, 청조 말기의 중국은 미얀마보다 훨씬 복잡했다. 모택동의 위대한 점은 방정식의 차수를 과감하게 줄인 데 있다. 자본주의와 공산주의의 대결 즉, 2차 방정식으로 말이다.

[고범24_170]

대한민국

(조용하게 시끄러운)

나
라

LP)

강변
갈대숲 길은
바람 불면 시끄럽다.
바다는 일 년 내내 시끄럽다.
개구리는 비 올 때
시끄럽다.
고양이는 발정이 나면
밤새 시끄럽다.
남자들은
예비군복 입으면
터진 둑처럼 시끄러워진다.
이 나라의 영민하신 정치가들은
잠들어 입술이 닫힐 때와
포토라인에 설 때만
조용하다.

[고범24_171]

신사와 군자

(대충 말해서)
신사는 멋지고
군자는 의롭다.

LP)

이상적인 남성의 전형은? 서양에서는 '신사' 고 동양에서는 '군자' 다. 양자는 확실하게 다른 점이 있다. 즉, 서양의 신사가 화려하고 가볍다면 동양의 군자는 소박하고 무겁다. 군자는 철저하게 의롭지만, 신사는 큰 틀에서만 의롭다. 즉, 디테일에서는 좀 짓궂고 치사한 점이 있다. 예를 들어, 곁불을 쬐느니 얼어 죽는다는 정신은 신사에겐 없다(신사는 어떻게든 방법을 찾을 거다). 영화 〈킹스맨〉에 나오는 명언(?)이 있다. "Manners makes man." 즉, 신사에겐 '속' 못지않게 '겉' 도 중요하다는 뜻이다. 영화에서 주인공이 갇혀 있던 공주에게 묻는다. "구해 주면 키스해 줄 거요?" 군자는 장난으로도 이런 거래 안 한다. 공주가 웃으며 대답한다(대답이 좀 야한데, 궁금하면 영화를 보시라). 이런 의문이 든다. 공주의 키스를 원하는 신사와 공맹의 도를 원하는 군자 중 어느 쪽이 더 열심히 그리고 더 신나게 노력할까? 글쎄다. 더 열심인 쪽은 몰라도, 더 신나는 쪽은 신사 아닐까.

[고범24_172]

스케일링

(스케일링 되나요?)
지
구
도

LP)
이상해,
암만 생각해도
이상해.

요즘엔
도무지

일도 사랑도 전쟁도
말이 되는 게
없어요.

[고범24_173]

결

결대로 친다(탁구).
결대로 산다(인생).

LP)

붉은 파프리카는 건강에 좋다(맛은 별로다). 파프리카를 찍을 때는 안에서 밖으로 찔러야 한다. 반대로 하면 포크가 들어가지 않는다. 파프리카의 결이 그러하다. 이처럼 이 세상 모든 것(혹은 모든 일)에는 '결' 이라는 게 있다. 어려움에 직면할 때 사람들은 이를 악물고 투지를 불태운다. 웃긴다. 결을 찾아 찌르면 한 방에 해결될 일을 "하면 된다."고 외치며 낑낑거리고 있다. 피겨의 여왕 김연아는 피겨의 결을 안다. 축구 천재 손흥민은 축구의 결을 안다. 산업화에 성공한 박정희 장군은 혁명의 결을 안다(필자는 군사 혁명에 반대하지만, 산업화는 지지한다). 삶이 어려운 건 삶의 결을 모르기 때문이다. 결을 찾아 결대로 살면 '그렇다고 수월한 건 아니지만' 사는 게 그렇게 힘들지는 않을 거다. 동양의 사상가들이 입만 열면 '道' 를 말하는데, 대체 도를 얻었다는 게 무슨 뜻인가? 혹시 생사의 결, 행복의 결, 우주의 결을 찾았다는 뜻 아닐까?

[고범24_174]

183

美

(무지개는)

자기가
아름다운 걸
알까?

LP)

善은
때에 따라
변할 수 있지만
美는 언제라도 美다.
우리가 꽃을 좋아하는 것은
꽃이 착해서가 아니다. 고와서다.
우리가 7색의 무지개에 끌리는 거는
무지개가 옳고 바르기 때문이 아니라 단지
너무 곱고 예쁘기 때문이다.
우리가 오늘도
죽지 않고 사는 이유는
이 세상이 善으로 충만해서가 아니다.
꽃이 피고, 새가 울고, 밤하늘의 저 별들이
보석처럼 반짝이는 이놈의 세상이
온몸에 소름이 끼치도록
아름답기 때문이다.

[고범24_175]

184

딜레마

(갈등 생기네!)

돈이 되면 때깔이 안 나고,
때깔이 나면 돈이 안 된다.

LP)

우리나라도 선진화되었다. 요즘은 때깔 안 나는 일을 해야
돈이 된다. 시골 가서 품 팔아도 수입이 적지 않다. 중장
비 하는 내 친구는 공무원 일당 네 배 번단다(물론 매일
일이 있는 건 아니다). 아파트 누수 공사하는 사람들 떴
다 하면 수십만 원 부른다. 그래도 사람이 없다. **반대로
때깔 나는 일은 돈이 안 된다.** 요즘 변호사 수입이 많이
줄었단다. 지방 대학 교수들 봉급 진짜 짜다. 의사들 수입
도 옛날만 못하다는 게 중론이다. 작가들은 영혼까지 짜
내서 시, 소설, 수필 출간해 봤자 대부분 적자다. 날밤
새워 가며 연습해도 노래만으로 먹고살긴 어렵다. 연기자
도 마찬가지다. 겉과 속이 함께 화려한 연기자는 정말
드물다. 스포츠도 그렇다. 아무리 노력해도 소위 스타가
되는 사람은 극소수다. 한 마디로 모양 빠지는 일이 싫은
사람은 먹고살기 어렵다. 그런 시대다. 너무 실망할 건 없
다. 원래 선진국의 속성이 그렇다. 그래서 옛날이 그리운
가? 땀 흘리며 성실하게 일하던 사람이 가난했던 그 시절
이?

[고범24_176]

185

권태

(잡초와 권태는)

밟아도, 밟아도 자라고,

뽑아도, 뽑아도 자란다.

LP)

나의 고향은

개구리 왕국이다.

나도 개구리도 늘 심심하다.

내가 노려보면 놈도 나를 째려본다.

나는 최대한 고약한 마음으로 접근해서는

개구리의 턱 밑을 힘껏 튕겨 낸다.

턱 밑에서 번개가 친 녀석은

희뿌연 배를 뒤집고

발발 떠는데,

잠시 후 깨어나서

나와 달을 번갈아서 본다.

하나 인생과 우주는 변한 게 없고,

악마처럼 낄낄대던 나는

다시금 하늘 아래

혼자가 된다.

[고범24_177]

대충 살면 안 되나요?

대충
말하자면
돼요.

LP)

제사 지내는 게 중요한가요? 산 부모에게 효도하는 게
더 중요하다네. 일등만 생존하나요? 아니, 꼴찌만 하지
마시게. 사자는 낙오하는 영양을 잡아먹거든. 행복하게
살아야겠지요? 아니, 불행하지 않게 사시게나. 길게 보
면 그게 낫다네. 대답보다 질문이 중요하죠? 질문이 중
요하긴 하지. 하지만 일단 답을 구하는 능력부터 키우
시게. 질문이 그렇게 중요하다면 왜 세상의 모든 시험이
답을 요구하겠는가? 저는 꽃을 사랑합니다. 맞아. 시인
도 꽃을 노래하지. 하지만 꽃을 먹고 사는 시인은 없다
네. 새삼 느끼는데, 자유가 가장 소중한 가치입니다. 자네
이제 먹고살 만해졌군. 죽은 다음에는 어찌 되는 겁니
까? 죽어 보면 알겠지. 하지만 가능한 한 착하게 사시
게나. 악하게 살면 지옥 가나요? 수면제 값을 아낄 수
있지. 나쁜 짓 많이 하면 잠을 설쳐요. 나는 그렇더라
고.

[고범24_178]

존엄

(존엄은)

개인의 권리고
국가의 의무다.

LP)
지구상의
모든 국가 정부에
청원한다.

정부는
노인들에게

편안하고
우아하고
안전하게

죽을 권리를
보장하라.

하여,
존엄을 지키며 살게 하고
존엄을 지키며 죽게 하라.

[고범24_179]

Q

(이 사람)

쫄

기

는

LP)

인간의 능력은 다양하다. 즉, 능력지수로 IQ만 있는 게 아니다. 민Q(만족하는 능력), 창Q(창조하는 능력), 흥Q(신나는 능력), 행Q(행복을 느끼는 능력), 감Q(감사하는 능력), 건Q(건수 만드는 능력), 웃Q(웃기는 능력), 울Q(울리는 능력), 썰Q(썰 푸는 능력), 혹Q(유혹하는 능력), 밤Q(밤일하는 능력), 운Q(운동하는 능력), 노Q(노름하는 능력), 사Q(사기 치는 능력), 복Q(복 받는 능력)등이 있다. 천Q(죽어서 천당 가는 능력)라는 것도 있다. 지옥 가는 능력인 '지Q'도 있지만 이건 빼자. 이력서에는 이 17개 지수를 다 넣어야 맞다. 믿지 못하겠지만, 우리 대부분은, 천재는 아닐지 몰라도, 최소한 수재에는 속한다(상기 17개 Q 중 하나는 걸릴 거 아냐). 필자도 한 가지는 높다. 만족하는 능력 즉, '민Q' 말이다. 나는 주어진 것에 99% 만족한다. 즉, 국가도 학교도 마누라도 친구도 심지어는 개나 소도 우리 것이 최고라고 생각한다. 대통령도 그러냐고? 글쎄, 그건 좀 아니다. 그래서 99%라고 한 거다.

[고범24_180]

장미

(스스로의 피로)

붉어진
꽃

LP)

　장미는
비옥한 땅에서 산다.
약하고 꽃도 적지만 예쁘다.
찔레는 열악한 땅에서 산다.
꽃이 별로 예쁘지 않지만,
강인하면서 많이 핀다.
넝쿨장미는 이 둘의 잡종이다.
아무 데서나 잘 자라고
꽃도 많이 핀다.
그리고 대충
예쁘다.
그래서 말입니다,
당신이 평생 가꿔 온 사랑은
장미입니까? 찔레입니까? 아니면
대충 억세고 대충 예쁜
넝쿨장미입니까?

[고범24_181]

할 일

(살아 있으면 해야죠)

뭐

든

LP)

우리는 무엇으로 가난한가? 첫째, 물질적 차원에서는 '돈이 없으면' 가난하다. 둘째, 정신적 차원에서는 '지식이 없으면' 가난하다. 필자는 여기에 한 가지를 더하고 싶다. 바로 '할 일' 이다. 즉, 우리는 할 일이 없으면 가난하다. 필자는 번호를 붙여서 이들을 구별한다. '제1 재산, 제2 재산, 제3 재산' 이라고 말이다. 이들 세 종류의 재산에 우열은 없다. 셋 다 가난뱅이는 면하는 게 좋다는 뜻이다. 일테면, 돈이 없으면 불쌍하고, 지식이 없으면 초라하고, 할 일이 없으면 끔직하다. 드라마〈오징어 게임〉에서 할아버지 한 분이 나오는 데, 그 분은 제1 재산에서는 부자지만 제3 재산에서는 가난하다. 해서 '사람을 죽이는' 게임을 만들고 스스로 참여한 거다(가난이 지겨워서 말이다). 참고로, 사회적 지위는 높거나 다소 낮은 게 좋다. 사회적 지위가 어중간한 사람이 은퇴하면 졸지에 거지로 전락하기 쉽다. 제3 재산에서 말이다. 이 경우는 은퇴 후에 할 수 있는 일이 '없거나 거의 없기' 때문이다.

[고범24_182]

191

불신 시대

(누군가는 믿어야 한다)

그래야 뭐라도

해 보지.

LP)

사춘기 때 본 영화 얘기다.

어떤 남자가 투명 망토를 입고서

평소 흠모하던 여인의 집에 들어갔는데

그녀는 욕조 안에서 거품 목욕을 하고 있었다.

남자가 바람을 불어서 기품을 꺼 니갔다.

오매! 그녀의 뽀얀 속살이 드러나기 시작한다.

그런데 조금 이상했다. 뽀얀 건 맞지만 색이 검다.

사실이 밝혀지는 데는 별로 오랜 시간이 걸리지 않았다.

새카만 옷을 입은 그녀가 벌떡 일어났기 때문이다.

그녀의 옷에서 비누 거품들이 뚝뚝 떨어졌다.

그때 난 두 가지 중요한 진리를 깨달았다.

첫째, 세상엔 옷 입고 목욕하는 여자도 있다.

둘째, 이 아름다운 녹색의 지구에서는

그게 누구이든 혹은 무엇이든,

보이는 그대로 믿으면

절대로 안 된다.

[고범24_183]

병가지상사

(진짜 승부에)

다음이란

없다.

LP)

한 번 실수는 병가지상사라고? 일반적으로는 맞지만, 예외가 있다. 그 한 번으로 모든 게 끝장나는 실수 말이다. 일테면, 한 번의 죽음으로 삶이 끝나고, 한 번의 정사로 순결이 끝나며, 한 번의 살인으로 일상의 평화가 끝난다. 누구에게나 건드리면 안 되는 부분이 있다. 언필칭 '역린' 말이다. 그걸 건들면 30년 우정이 한순간에 박살이 난다. 이거 병가지상사 아니다. 안 하는 사람은 있어도 한 번 하는 사람은 없는 일도 있다. 마약이 대표적이다(도박과 정치도 그런 점이 있다). 이런 일은 결코 병가지상사가 아니다. 함부로 접근하면 큰일 난다. 한 사람의 결혼 선배로서, 결혼하는 후배에게 이 말을 해 주고 싶다. 즉, 진짜로 할 생각이 아니라면 '아무리 화가 나더라도' 이혼하자는 말은 꺼내지 마시라. 한 번이 두 번을 부르고 두 번이 열 번을 부른다. 그 끝은 진짜 이혼이다(이혼이 나쁘다는 뜻은 아니다).

[고범24_184]

딱따구리

이 바보야,
그 전신주는 시멘트야.
…….
어, 시멘트 틈에도
벌레들이 사네.

LP)

내가 단골로 다니는 다방에
좀 맹해 보이는 여자가 레지로 왔다.
그녀는 누가 봐도 조화임이 분명한 화분에다
거의 3개월 동안 하루도 빠지지 않고 물을 주었다.
나와 친구들은 그녀의 바보짓을 보면서 재미있어했다.
근데, 그녀가 떠난 후 작은 기적이 목격되었다.
그녀가 그토록 공을 들인 화분 한편에서
작은 풀꽃 하나가 피어난 것이다.
어디선가 날아온 꽃씨 하나가
그녀의 바보짓 덕분에
무럭무럭 자라나서
멋진 꽃을 피워 낸 것이다.
그 이전에도 그리고 그 이후로도
나는 그렇게 예쁜 꽃을
본 적이 없다.

[고범24_185]

194

침묵

(침묵은 금이다?)

누가 그래?

금이 그래?

LP)

할 말은 해야 한다. 개인도 회사도 국가도 할 말은 해야 한다. 근데 할 말이라는 게 칭찬보다는 비판이 많을 수밖에 없다. 그래도 해야 한다. 모두가 비판을 멈춘다면 여론이 형성되지 않는다. 여론이 형성되지 않으면 민주주의가 성립될 수 없다. 사실, 비판 자체가 나쁜 게 아니다. 적절하지 않은 비판이 나쁜 거지. 사색당파가 왜 나빠? 대부분의 선진국은 당파가 많다. 사색당파뿐 아니라 오색 당파, 육색당파도 있다. 좌파와 우파가 있고 '그렇게 부르지는 않지만' 上파와 下파도 있다. 집단지능은 다양한 비판을 통해서만 발현된다. 그리고 집단지능이야말로 민주주의의 토대고 원천이다. 결론적으로 적절한 비판은 민주시민의 의무다. 해서 '내 눈이든 남의 눈이든' 들보와 티끌을 모두 봐야 한다. 침묵은 결코 금이 아니다. 침묵은 암묵적으로 악에 동조하는 일이 될 수 있다. 이런 '악 같지도 않은 악'이 진짜 문제다.

[고범24_186]

영혼

돼지 한 마리 무게 200,000g
커피 반 잔의 무게 200g
맞는지 모르지만,
영혼의 무게
20+1g.

LP)
　영혼의 무게는
사망 전후의 무게 차이로 잰다.
그래서 어떤 한가한 과학자가 재 봤더니
그 차이가 달랑 21그램
이더란다.

그런데,
영혼이 물질이라면
원자구조를 찾아내서 기계로
팡팡 찍어 낼 수도…….

그리고 사후에
그 이동을 끝까지 추적해서
천국과 지옥의 위치를
알아낼 수도…….

[고범24_187]

환영받는 사람

지옥도
아무나 환영하진
않는다.

LP)

성공을 위해서도 행복을 위해서도 남들에게 환영받는 사람이 되는 게 훨씬 유리하다. 근데, 남들에게 환영받는 사람이 되는 비결 같은 게 있을까? 아마도 나이 든 사람은 '그 필요성을 알고 있으므로' 나름의 비결이 있을 거다. 물론 필자도 있다. 너무 상식적이라서 웃을지 모르지만, 필자의 비결은 이렇다. **"작은 일에도 최선을 다하고, 남들을 배려하며, 일정 수준의 실력을 갖춘다."** 장담컨대, 이런 사람은 이 세상 어디를 가도 환영받는다. 회사나 군대는 물론이고 사적 모임에서도 그러하다(심지어는 가정에서도 그렇다). 요즘 사람들 너무 자기중심적이다. 배려심도 약하고 모양 빠지는 일은 안 하려 든다. 환영받는 사람이 드문 이유다. 필자의 경우는 특히 남을 배려하는 일이 어렵다. 결국 역지사지를 해야 하는 건데, 이게 도무지 쉽지 않다. 하여 열심히 노력하는데도 번번이 헛다리 짚는다. 일테면, 동쪽으로 가려는 사람에게 서쪽 문을 열어 준다는 얘기다. 어떤 여인과 30년을 살았는데도 여전히 그런다.

[고범24_188]

애국가 유감

LP)

　동해물은
　세상에서 가장
　맑고 아름다운 물이며,

　백두산은
　세상에서 가장
　맑고 아름다운 산이다.

　하여,
　하느님이 보우하사
　동해물과 백두산이 보전되어야
　우리네 후손들도 길이
　보전되는 거
　아닌가?

　[고범24_189]

목숨 건 베팅

(평생 두 번만 하세요)

한 번은 사랑을 위해서

한 번은 조국을 위해서

LP)

한 시대를 이끌던 정도전, 정몽주, 이성계, 이방원의 공통점은 무엇인가? 삶 자체가 '목숨을 건 베팅의 연속' 이었다는 점이다. 문제는 그 여러 번의 베팅 중 단 한 번만 져도 사망이라는 거다. 해서 말이지 '통계학적으로는' 정도전과 정몽주가 살해된 건 지극히 자연스럽고, 이성계와 이방원이 살아남은 건 거의 기적이다. 작은 자본으로 장사하는 영세 소상인도 마찬가지다. 나라의 경제 상황이 바뀔 때마다 베팅하는 셈인데 단 한 번 져도 파산이다. 우리나라같이 내수는 작고(아니, 거의 없고) 수출로 먹고사는 나라도 다를 게 없다. 말이 좋아 수출이지 수출 환경은 믿을 수가 없다. 국제관계는 날씨처럼 변하기 때문이다. 그러니 한국은 '목숨까지는 아니지만' 국운을 건 베팅을 매년 하는 셈이다. 전쟁에 휘말린 중동의 가자 지구가 걱정스럽다. 이 지역은 사실상 고립된 섬이다. 하여 주민 200만 명이 목숨을 건 베팅을 거의 매일 하고 있다. 방금 태어난 아기까지 말이다.

[고범24_190]

199

바구미

(살아 보니 알겠다)
생명은
삶 이상의 것을
원한다.

LP)

내가 어릴 때
쌀독 안을 들여다보면
하얀색의 작은 벌레들이 보이는데
이들을 쌀빌레 혹은 '쌀바구미' 라고 했다.
이들 복(?)에 겨운 녀석들은 일어나서 잠들 때까지
먹고 싸는 거 외에는 어떤 일도 하지 않는다.
쌀 틈에서 살고 있어 이동할 일도 없고
또 먹이를 두고 경쟁할 일도 없다.
굳이 천적이라야 사람뿐인데,
옛날이나 지금이나 우리는
쌀독이나 뒤질 만큼 한가하지 않다.
바구미들에게 묻고 싶은 말이 하나 있다.
한평생 먹고 싸기만 할 거라면
아예 안 태어나는 것과
뭐가 다르지요?

[고범24_191]

200

지식도서관

(지식은 저장 방식에 따라)

지혜로도 되고
쓰레기도 된다.

LP)

세상에는 두 종류의 사람이 있다. 하나는 '지식도서
관'을 가진 사람이고 다른 하나는 '지식창고'를 가진
사람이다. 첫째, 지식도서관은 체계적인 지식 저장소를
의미한다. 하여, 들어오는 정보와 지식을 체계적으로
저장할 수 있다(체계적이라는 말은 지식 간의 관계가
정합적이라는 뜻이다). 이로써 지식과 정보들은 생산적
으로 활용된다. 둘째, 지식창고는 칸막이만 듬성듬성
있는 공간을 의미한다. 지식과 정보들은 그냥 마구잡이
로 쌓인다. 당연히 생산적으로 활용되지 못한다. 둘 중
지식도서관이 훨씬 역동적이다. 즉, 지식도서관은 부단
하게 생명 작용이 요구되는 유기체에 가깝다. 해서 기
능적으로 '정보/지식의 항상성'이 유지되어야 하며, 구
조적으로도 환경에 맞춰 주기적 갱신이 이루어져야 한
다. 아니면 금방 지식창고로 바뀔 수 있다. 우리 주변
에는 이해와 암기가 재빠른 사람이 있다. 이런 사람은
둘 중 하나다. 즉, 천재이거나 지식창고를 가진 사람이
다.

[고범24_192]

201

오늘이 生의 끝이라면?

나는 탁구 치고,
드라마 보고, 시집 한 권 읽고,
계란 풀어서 컵라면 먹고, 그녀에게 사랑을 고백하고,
한 10가지쯤 신나는 일을 더 한 다음에야
하나 남은 사과를 따 먹을 거다.

LP)
작은 벌새는
1초에 날개를 수천 번 퍼덕인다.
반면 나무늘보는 한걸음에 5초 이상 걸린다.
이 세상의 모든 생명체는 인지가 가능한
최소 시간 단위 θ의 크기가 다르다.
다만, 실제로 느끼는 수명은
즉, <수명 나누기 θ > 값은
참으로 신기하게도
모든 생명체가
똑같다고
한다.

[고범24_193]

나는 어디 있지?

☺ ◦◦◦◦◦◦◦◦◦◦◦◦◦◦◦◦◦ ☹

1등   51,744,876등

LP)

2024년 2월 21일 현재, 우리나라 인구가 51,744,876명 이란다. 근데, 나 고성범의 정확한 위치가 어디지? 특정한 기준으로 등수를 매겨서 전 국민을 세울 경우 나는 대체 어디 있는 거냐고? 첫째, 키 순서로 세우면 나는 어디 있지? 둘째, 몸무게 순서로 세우면 나는 어디 있지? 셋째, 돈 많은 순서로 세우면 나는 어디 있지? 넷째, 마누라 예쁜 순서로 세우면 나는 어디 있지? 다섯째, 책 많이 읽은 순서로 세우면 나는 어디 있지? 여섯째, 실연을 많이 당한 순서로 세우면 나는 어디 있지? 일곱째, 뱀을 많이 때려죽인 순서로 세우면 나는 어디 있지? 여덟째, 닭 잡아먹고 오리발 많이 내민 순서로 세우면 나는 어디 있지? 아홉째, 마음속으로 간음을 많이 한 순서로 세우면 나는 어디 있지? 열째, 지옥 갈 짓 많이 한 순서로 세우면 나는 어디 있지? 근데, 내가 1등 하는 건 없나? 아, 하나 있다. 나와 가장 많이 닮은 사람 순으로 세우면 되지. 나와 가장 많이 닮은 놈은 나잖아.

[고범24_194]

203

아바타

(뭐야!)

내가 아바타야?
아바타가 나야?

LP)
　영화〈아바타〉는
　인간 의식의 이식 가능성을
　설득력 있게 보여
　준다.

　즉, 우리 의식을
　필요에 따라 이식하여
　철새의 몸으로 하늘을 날고,
　물고기의 몸으로 바다에 들어가고,
　개의 몸으로 임의 품에 안길 수 있다는 거다.
　심지어는 우주선의 몸(?)을 빌려서
　지구 밖으로 떠나 볼 수도 있다.
　영화 아니고 실제로 말이다.

　귀하께선 이 첨단 기술이
　너무 신나니? 아님
　너무 끔찍하니?

　[고범24_195]

이기적 생명

(생존과 번식은)

원해서 하는 거야?

시켜서 하는 거야?

LP)

생존과 번식에 대한 생명의 욕구는 엄청나다. 모기나 버섯도 그렇다는 게 신기하지 않나? 그래서 컴퓨터로 시뮬레이션 해 본 적이 있다. 첫째, 가상생명 그룹을 가정한다. 둘째, 각자에게 생명 욕구와 번식 욕구를 임의 값으로 준다. 셋째, 교미를 하게 한다(유전자들이 섞인다). 넷째, 수명을 준다. 다섯째, 적자생존 개념을 도입한다. 예상대로 세대가 진행될수록 두 욕구 모두 빠르게 증가한다. 초기조건을 바꿔 가며 돌려 봐도 최종 결과는 비슷하다. 즉, 생존 욕구와 번식 욕구가 강한 놈이 압도적으로 많아진다. 이게 무슨 뜻인가? 생명이 생존과 번식에 진심인 게 별로 신기하거나 고결한 본성은 아니라는 얘기다. 사람도 결국 생명체의 하나다. 의연하게 죽고 싶다고? 잘 안 될걸! 생존에 대한 인간의 집착 뒤에는 생명의 오랜 진화 과정이 숨어 있다. 그렇게 굳어진 본성을 거스를 수 있겠는가? 하니 평소에 의연하게 사시라. 평생 의연하게 살았으면 죽을 때는 좀 안 그래도 되잖아.

[고범24_196]

책, 꽃, 음악

지혜의 향기
자연의 향기
영혼의 향기

LP)

언젠가 부득이
이 지구를 떠나야 한다면
나는 책과 꽃과 음악을 챙길 것이다.
셋 중의 하나를 버려야 한다면
물론 책을 버릴 것이다.
나머지 둘과는 다르게, 지식은
살아가면서 얼마든지 얻을 수가 있거든.
만일 꽃과 음악 중 또 하나를 버려야 한다면
한 치의 망설임도 없이 음악을 버린다.
음악 없이도 꽃은 필 수 있지만,
꽃이 없다면 음악과 함께
모든 예술이 소멸한다.
우리가 간 곳에 꽃이 있다면
거긴 최소한 지옥은 아닐 거다.
우리가 간 곳에 꽃이 없다면
거긴 최소한 천국은
아닐 거다.

[고범24_197]

철인정치

(哲人보다 雪人을 찾는 게)

10배는 쉬울
걸

LP)

오해하면 안 된다. 민주주의는 최선을 추구하는 제도가 아니라 최악을 피하자는 제도다. 따라서 哲人을 전제한 다면, 철인정치(철인 독재정치)가 민주정치보다 우월하다. 예를 들어, 어떤 지역에 고속도로 건설이 필요하다는 '전문가의 결론'이 났다고 하자. 이 경우 민주국가에서는 당장의 시행이 어렵다. 이해의 상충으로 인해서, 반드시 반대하는 개인이나 그룹이 나타날 것이기 때문이다. 이제 작거나 큰 '갈등과 투쟁과 토론과 설득'이 공식처럼 따르게 된다. 심지어는 합의 실패로 건설 자체가 중지될 수도 있다. 반면, 철인정치에서는 이런 일이 없다. 다음 날 바로 건설에 착수할 수 있다. 민주국가가 철인 국가를 이길 수 없는 이유다(물론 철인이 진짜 철인이어야 한다는 게 전제다). 그런 의미에서, 미중 대결의 승패는 미국이 아니라 중국의 리더에게 달려 있다고 할 수 있다. 즉, 중국의 리더가 철인이거나 '거의 철인'이라면 중국이 유리할 거다. 아니면 미국이 유리할 거다.

[고범24_198]

적폐청산

(지구도 결국)
칼을
뺐나?

LP)
　지구
　방방곡곡에서,
　크고 작은 싸움들이
　시도 때도 없이
　일어난다.

　생명과 생명이 싸우고,
　자연과 자연이 싸우고,
　생명과 자연이 싸운다.

　죽음이 쌓이고,
　절망이 쌓이고,
　슬픔이 쌓인다.

　지구도 지금
　적폐청산
　중인가?

　[고범24_199]

근육

(비유하자면)

근육이

깡패다.

LP)

병에 대한 대처 방법은 두 가지다. 첫째, 병을 고친다. 둘째, 근육을 키워서 병을 덮는다. 일테면, 디스크에 걸렸을 경우, 굳이 수술까지 안 해도 근육을 충분히 키우면 그럭저럭 견딜 수 있다. 세상에서 가장 우울한 병은? 맞다. 우울증이다. 우울증은 약물치료도 가능하지만, 부작용이 작은 다른 대안도 있다. 바로, 정신 근육을 충분히 키워서 통증을 덮는 방법이다. 우울증은 도파민 분비가 끊기는 병으로 누구라도 걸린다. 우울증에 시달리는 고승이 없는 이유는 우울증에 안 걸려서가 아니다. 설사 걸려도 탄탄한 정신 근육으로 통증을 덮는 거다. 마음공부는 일테면, 정신의 근력운동이다. 마음공부가 그래서 필요하다. 나이 들수록 더 그렇다(늙으면 도파민 분비도 줄거든). 사람들이 묻는다. 은퇴 후에 뭘 하지? 답은 독서다. 생각을 강제한다는 점에서 독서는 TV 시청과는 다르다. 책은 영혼의 쉼터이며, 가성비가 매우 높은 '마인드 헬스장' 이다. 해서, 마음공부로는 옛날이나 지금이나 독서만한 게 없다.

[고범24_200]

내 사전에 불가능은 없다

그
부분이
찢어졌거든.

LP)
다음 중 가장 어려운 일은?
첫째, 저승에 갔다 돌아오는 일.
둘째, 빛과 똑같은 속도로 달리는 일.
셋째, 거울 속 나와 가위바위보 해서 이기는 일.
가장 쉬운(?) 일은 저승에 갔다 돌아오는 일 아닐까.
저승 다녀왔다는 사람은 어딜 가도 있다.
그만큼 쉽다는 얘기가 아닌가.
다음은 빛처럼 빠르게 달리는 일이다.
누군가 할 수 있다면 우리도
당연히 할 수 있다.
해서 진짜로 어려운 일은
거울 속의 나와
가위바위보 해서 이기는 일이다.
이건 일단 이치에 맞지 않으므로 불가능하다.
하긴 이치에 어긋나는 일이 되는 걸
평생 너무 많이 봐 온지라
단언은 못 하겠다.

[고범24_201]

주류의 교체

(물길을 바꿔야)

물고기도

바뀝니다.

LP)

오랜 기간 〈 정치, 법률, 군사 〉가 우리나라를 이끌어
왔다. 여기까지다. 수고 많았지만, 政공화국도 軍공화
국도 檢공화국도 여기까지다. 시대가 변했다. 시대가
새로운 주류를 요구한다. 이젠 〈과학, 기술, 문화〉가
세상의 중심이 되어야 한다. 특히 자원이 없는 나라는
그래야 산다. 우리나라에는 아직도 사농공상의 잔재가
남아 있다. 전국 어디에나 '이 고장을 빛낸 위인들' 팻
말이 있다. 근데 그 위인들 중에 과학자나 수학자나
고급 기술자는 찾기 어렵다. 옛날엔 다 그랬다고? 그
렇지 않다. 옛날에도 영국과 독일 등 선진국에서는 과
학자, 수학자, 고급 기술자를 우대했다(그들 화폐의 초
상을 보시라). 지금은 다르다고? 그래서 오늘날 대한민국
장관 대부분이 문과 출신인가? 인도와 중국에선 상당수의
수재들이 공대를 간다. 부모도 그렇게 권하고 국가도 그렇
게 유도한다. 우리나라 드라마의 주인공은 아직도 의사 아
니면 변호사다. '이상한 과학자 우영우'는 언제나 나올
까?

[고범24_202]

나이아가라

와!

LP)

  ↓

  ↓↓↓↓↓↓↓

  ↓↓↓↓↓↓↓↓↓↓↓

  ↓↓↓↓↓↓↓↓↓↓↓↓↓↓↓

  ↓↓↓↓↓↓↓↓↓↓↓↓↓↓↓↓↓↓↓

  ↓↓↓↓↓↓↓↓↓↓↓↓↓↓↓↓↓↓↓↓↓↓↓

  ↓↓↓↓↓↓↓↓↓↓↓↓↓↓↓↓↓↓↓↓↓↓↓↓↓↓↓

  ↓↓↓↓↓↓↓↓↓↓↓↓↓↓↓↓↓↓↓↓↓↓↓↓↓↓↓↓↓↓↓

  ↓↓↓↓↓↓↓↓↓↓↓↓↓↓↓↓↓↓↓↓↓↓↓↓↓↓↓↓↓

  ↓↓↓↓↓↓↓↓↓↓↓↓↓↓↓↓↓↓↓↓↓↓↓↓↓↓↓

  ↓↓↓↓↓↓↓↓↓↓↓↓↓↓↓↓↓↓↓↓↓↓↓

  ↓↓↓↓↓↓↓↓↓↓↓↓↓↓↓↓↓↓↓

  ↓↓↓↓↓↓↓↓↓↓↓↓↓↓↓

  ↓↓↓↓↓↓↓↓↓↓↓

  ↓↓↓↓↓↓↓

  ↓

[고범24_203]

가짜의 범람

(아직도 그 말을 믿니?)

정보가

힘이다.

LP)

정보 과잉의 시대다. 주변이 사이비 뉴스, 가짜 뉴스, 과
장 뉴스로 넘쳐난다. 선택은 늘 어렵지만, 이런 환경에선
더 어렵다. 결국 믿을 건 자신의 '감' 뿐이다. 인생은 짧
다. 그 귀한 시간을 '최선의 선택'을 한다면서 낭비할
수는 없다. 해서, 나는 몇 개의 원칙을 정해 놓고 그 부
분은 상수로 간주한다. 그냥 따른다는 애기다. 첫째, 나
는 대한민국 정부를 믿는다. 둘째, 나는 TV 정규 방송을
믿는다. 셋째, 나는 유명 저널의 논문을 믿는다. 넷째, 나
는 대학병원의 의사 말을 믿는다. 다섯째, 나는 '다는 아니
지만' 시대 일간지를 신뢰한다. 여섯째, 나는 '무신론자이
지만' 가톨릭 교황과 불교의 종정을 존경하고 신뢰한다. 더
있지만 이쯤 하자. 결론적으로 나는 '나'다. 하여, 나는
중요한 결정을 내릴 때 내 의견 51%에 세상 의견 49%를
고려한다. 즉, 내 운명의 51%는 내가 정한다. 이승을 떠
날 때도 내가 주도해서 갈 거다. 사랑하는 사람들과 이별
하는 방법은 '의사나 목사가 아니라' 내가 정한다는 뜻이
다.

[고범24_204]

아모르파티

(자작나무 아래에서)

나는
자작
한다.

LP)

아침이 저문다, 이슬을 보내자.
계절이 저문다, 꽃들을 보내자.
사랑이 저문다, 내님도 보내자.
모두 떠나니,
이 내 삶도 저문다.
늙은 육체여, 지친 영혼이여,
한평생 내 곁을 지켜 준
세 글자 이름이여,
이제, 우리들
한 줄의 이야기만 남기고
미련 없이 떠나가자.
새처럼 날아서
저세상에
가자.

[고범24_205]

판타지

(나는 현실에서 일하고)

판타지에서

논다.

LP)

서구와 중동은 물론이고 중국과 일본에도 판타지를 지향하는 문화가 있다. 그래서 현실적인 사안에까지 판타지를 개입시키는 일이 발생한다. 첫째, 서구와 중동 사람들은 종교에 판타지를 개입시켰다. 종교가 판타지를 띠는 건 자연스럽지만 그들이 만든 종교는 지나치다(사후세계의 비중이 너무 크다는 점에서 그렇다). 둘째, 중국인은 무술에 판타지를 개입시켰다. 그들이 자랑하는 쿵푸가 '현실의 싸움인' 격투기에서 망신당하는 게 그래서다. 셋째, 일본인은 바둑에 판타지를 개입시켰다. 죽고 죽이는 보드게임에서 미학을 따지는 그 자체가 판타지인 거다. 이 점 한국인은 다르다. 한국인은 판타지를 배격한다. 한국에서는 모든 것이 현실의 자로 재단된다. 하여, 한국인은 사안 그 자체 즉, 본질에 집중한다. 간단하다. 종교의 본질은 '기복'이다. 무술의 본질은 '싸움'이다. 바둑의 본질은 뭐냐고? 한 집이라도 많으면 '이기는 게임' 그 이상도 이하도 아니다.

[고범24_206]

What's next?

(저는 드디어 꿈을 이루었습니다)

그랬군요.

그래서요?

LP)

　모든

　신데렐라 스토리는

　얼굴이 어여쁜 가난뱅이 소녀가

　왕자와 결혼하는 것으로

　애기가 끝난나.

　그다음이 궁금하지 않나요.

　왕자가 바람을 피웠을지도 모르고,

　물론 소녀가 그럴 수도

　있고……

　모든 나비 스토리는

　못난이 애벌레가 나비가 되어

　푸른 하늘로 비상하면서 애기가 끝난다.

　그런데 그 후로 어찌 됐는지

　혹시 태풍에 날아갔는지

　새들에게 먹혔는지

　좀 궁금하지

　않나요?

[고범24_207]

멸종

(지구의 재앙 맞나?)

인류의

멸종이

LP)

아니다. 사자가 사슴을 따라다니는 게 아니다. 사슴이 사자를 끌고 다니는 거다. 사자가 사슴의 수를 적절히 줄여주지 않는다면, 사슴은 멸종되고 말 거다(늘어난 사슴들이 초원의 풀뿌리까지 먹어 치울 테니까. 그래서 초원이 사막으로 변해 버릴 거니까). 사람도 다를 게 없다. 인구가 지구의 포용 한계를 넘어선다면 끔찍한 사태가 예상된다. 일테면, 인류의 '대멸종' 말이다. 다행히 신의 은총으로 전쟁과 재해가 인구의 폭증을 막아주었기 때문에 오늘의 우리가 있는 것이다. 우리나라 인구 문제가 심각하단다. 아니다. 참새의 눈높이로 봐서 그런 거다. 독수리의 눈높이로 보면 다르다. 우리나라를 포함한 몇몇 나라의 인구 감소는 오히려 바람직한 일이다. 특히 중국의 인구 감소는 정말 Good News다. 근세 들어 중국이 한 일 중 가장 잘한 일이다. 다시 한번 강조하지만, 호모 사피엔스 이렇게 늘어나다가는 머지않아 공룡의 뒤를 따를 거다. 하긴 그게 진짜로 심각한 일 맞나? 인류의 멸종 말이다.

[고범24_208]

217

공간

(고마워라!)
도둑이
때 묻은 물건들을
맑은 공간으로 바꿔 주었네.

LP)
보라!

순수 중의 순수,
신비 중의 신비,
보석 중의 보석,

그 이름은
공간.

[고범24_209]

인재

LP)

누가 인재인가? 필자는 5가지 기준을 사용한다. 첫째는 '꿈과 목표' 다. 꿈은 추상적 방향이고 목표는 구체적 도달점이다. 둘째는 '전략과 기획' 이다. 전략은 목표를 이루기 위한 거시적 방법론이고 기획은 미시적 방법론이다. 셋째는 '열정과 근성' 이다. 열정은 앞으로 치고 나가는 추진력이고 근성은 역경을 참고 견디는 맷집이다. 넷째는 '능력과 인성' 이다. 능력은 일에 필요한 지식과 기술이고 인성은 사람을 끌어들이는 흡입력이다. 다섯째는 '재력과 건강' 이다. 재력이란 뇌물에 넘어가지 않을 정도의 재산이고 건강은 신체적 강건함이다. 참고로, 철학과 가치관은 따지지 않는다(철학과 가치관은 우열이 없다고 생각하기 때문이다). 평점은 대학처럼 5단계(A/B/C/D/F)로 매긴다. 우리는 대략 평점 〈C〉 부터 인재로 간주한다. 첫째, 〈C〉 인 사람은 포섭한다. 둘째, 〈B〉 인 사람은 모셔 온다. 셋째, 〈A〉 인 사람은 삼고초려 한다. 그동안 나는 장군도, 재벌 회장도, 대통령도 만났지만, 점수가 〈A〉 인 사람을 만난 적은 없다.

[고범24_210]

聖人

(또 오셨군요)

왜

자꾸 오세요?

LP)

누군가

자신이 만든

세상을 구하기 위해서

성인들을 계속 파견하고 있다.

석가, 예수, 마호메트, 공자, 소크라테스

그리고 강증산(증산교)과 소태산(원불교)까지.

근데, 그 많은 성인이 오셨다 가셔도

시끄럽고 혼탁한 세상은 늘

그 모양 그 꼴이다.

그 이름도 찬란한 21세기,

세상은 팬데믹, 핵확산, 각종 테러로

거의 절망적인 상태다.

이번엔 또

어떤 분이 오시려나?

이 정도의 난제를 푸시려면

좀 센 분이 오셔야

할 텐데.

[고범24_211]

쓴 약

(쓰면 뱉습니다)

너무

쓰면

LP)

약은 대체로 그렇지만 고혈압 약은 엄청나게 쓰다. 그게 문제가 안 되는 건 삼키기 때문이다. 씹어야 한다면 안 먹을 사람 많을 거다. 인생이라는 약은 쓰다. 씹어 먹으면 견디기 어렵다. 그냥 물과 함께 꿀꺽 삼켜야 한다. 여기서 물은 종교도 될 수 있고, 음악도 될 수 있고, 꽃도 될 수 있고, 사랑하는 이의 미소도 될 수 있다. 첫째, 상대의 불평에 일일이 대응하면 부부로 오래 살기 어렵다. 둘째, 사부의 가르침에 일일이 토를 달면 공부 오래 하기 어렵다. 셋째, 상사의 부당한 지시에 일일이 항의하면 직장생활 오래 하기 어렵다. 이처럼 인생사의 많은 부분에서 '대충 삼키는 게' 비결이며 요령이다. 단, 예외가 있다. 누군가 내 부모를 모욕하거나, 내 여인을 경멸하거나, 내 조국을 침략하는 경우다. 이건 얘기가 다르다. 그냥 삼키면 안 된다. 이런 일이 실제로 발생하면 제대로 씹어 줘야 한다(아무리 써도 말이다). 존엄은 북한 지도자의 전유물이 아니다. 자식으로서, 남편으로서, 국민으로서 최소한의 존엄은 지켜야 한다.

[고범24_212]

폼

(물도 불도 폼도)

잡는다고

잡히나요?

LP)

한국인들은

폼 잡는 거 좋아한다.

좁은 나라에서 큰 차만 고집한다.

클수록 폼이 난다고 생각하기 때문이다.

행복 역시도 폼이 나길 바란다.

한국인들은 좀 과하게

성공 지향적인데,

일상에서의 행복보다

성공이라는 탈을 쓴 행복이

훨씬 폼이 난다고 믿기 때문이다.

문자 그대로 '폼生 폼死'를 달고 산다.

한국에서는 개도 폼 나게 걷는다.

그나저나 한국식 폼 잡기가

외국인들의 눈으로도

폼 나 보일까?

[고범24_213]

우리나라 좋은 나라

(윗물이 흐릴수록)

아랫물이

더 맑아지는

나라

LP)

노블레스 오블리주는 대한민국에 잘 안 맞는다. 이 나라는 '민중 오블리주' 의 나라다. 국난이 끊이지 않는 이 땅에는 '정말 특이하게도' 민중의 자부심이라는 게 있다. 오랜 역사가 만들어 준 안쓰러우면서 동시에 자랑스러운 유산이다. 어려운 얘기 아니다. 위기 때마다 소위 지도층은 도망쳤고 민초들이 나라를 지켰다. 임진왜란 때도 임금은 냅다 도망쳤고 민중이 일어나서 나라를 지켰다. 일본에 나라를 빼앗길 때도 끝까지 싸운 것은 백성들이다. 6.25 전쟁 때도 지도자들은 한강을 끊고 서둘러 도망쳤다(어쩔 수 없는 측면도 있기는 하다). 전쟁 내내 피나게 싸운 건 민중이다. 우리나라는 힘을 숭배하는 영웅주의 국가가 아니다. 우리나라는 義를 숭배하는 民의 나라다(자발적으로 의병이 일어나는 나라는 우리가 유일하다). 하여, 이 사랑스럽고 매력적인 국가의 이름을 두 글자로 요약한다면?

"民 ~ 國"

[고범24_214]

사랑의 시작

(비애는 가라)

내가 살던 지옥이
　　파산했다.

LP)

　이제 그대를 따라

　절망을 떠난

　나는

　이무리 노력하고

　애를 써

　봐도

　침투하는 행복을

　막을 자신이

　없어요.

　[고범24_215]

유교

(종교와 식칼은)

쓰기

나름

이다.

LP)

유교는 종교라기보다는 생활철학에 가깝다. 원조는 중국이지만 오늘날 유교가 제대로 살아남은 곳은 한국과 베트남 정도다. 유교가 우리에게 준 선물(?)이 세 가지 있다. 계급주의와 도전주의와 현실주의가 그것이다. 첫째, 유교는 충효 사상과 반상의 질서로 사람들의 행동을 제약한다. 둘째, 유교는 누구나 '修身을 통해서' 완전한 인간 즉, 성인의 경지에 오를 수 있다고 가르친다. 셋째, 유교는 내세를 부정함으로써 현실에 집중하도록 유도한다. 여기서, 두 번째와 세 번째가 만들어 주는 역동성을 첫 번째의 계급주의가 억누르는 패러다임이 조선 사회였다. 이로써 유교의 장점이 꽃 피우지 못했고 그 결과는 치욕적인 국권 피탈이다. 해방 후 공화정이 시작되면서 계급주의가 철폐되었고 드디어 우리의 역동성이 발현되었는데, 그 결과로 나타난 것이 한강의 기적과 오늘의 한류다.

[고범24_216]

편한 죽음

(예, 있습니다)

방
법
이

LP)

죽음을
편하게 맞이하는
세 가지 방법이 있다.
첫째, 기독교나 이슬람을 믿는다.
니무 쉽다.
그냥 믿으면 된다.
죽으면 천국 간다고 말이다.
둘째, '나' 라는 개념을 확장한다.
즉, 내가 우주고 우주가
나라고 생각한다.
나와 우주가
하나라고 생각하면
죽음 자체가 있을 수 없다.
셋째, 소위 空 사상을 받아들인다.
즉, 인생이 한바탕의 꿈이라고 생각한다.
사는 게 꿈이라면 죽음이 두려울 이유가 없다.
정답은 없다. 각자 취향에 따라서
하나를 선택하면 된다.

[고범24_217]

226

善

(이 세상에는 아직도)
착한 사람이
있다.

LP)

영화〈미션 impossible〉시리즈에 반드시 등장하는 말이 있다. 이거다. "He is a good man." 우리말로 '그는 착한 사람'이라는 뜻이다(물론 주인공 톰 크루즈를 지칭한다). 가끔 오해하는 사람이 있는데, 착하다는 게 어리숙하다는 뜻이 아니다. 나는 착한 사람을 좋아한다. 가슴이 따뜻한 사람 말이다. 내가 세종대왕과 호찌민과 유재석을 좋아하는 이유다. 셋 모두 착한 사람들이다. 나는 아인슈타인을 존경하지만 좋아하진 않는다. 그는 착한 사람이 아니다. 언젠가 딸이 물었다. "아빠, 어떤 사위를 원하세요?" 내가 대답했다. "착하고, 능력 있고, 재미있는 사람." 실은 착한 사람이 좋겠다고 말하고 싶었는데, 좀 꼰대 같아서 두 가지를 덧붙인 거다. 흑백논리 같지만, 나는 사람을 두 종류로 나눈다. '善人'과 '비善人'으로 말이다. 세상에는, 악인까지는 아니지만, 착하지 않은 사람이 의외로 많다. 하면 나는? 나는 어떤가? 글쎄다. 한 가지는 답할 수 있다. 나는 착한 사람이 되고 싶다(그럴 수 있다면).

[고범24_218]

227

나의 소원

(땅 위에 한 줄의 시를 쓰는 것)

지구를

한 바퀴 삐∞0

도는

LP)

지구를 한 바퀴

삥 도는 첨단고속도로, 즉,

완벽한 직선 고속도로를 상상해 본다.

신호등도 없고, 속도 제한도 없고,

당연히 경찰 아저씨도 없는

이 멋진 도로의 길이는

4만㎞ 정도 된다.

즉, 서울에서 페라리를 몰고

최고 속도(시속 1000㎞?)로 달린다면

길어야 일주일이면 세계 일주를 해 볼 수 있다.

언젠가 그런 고속도로가 뚫리겠지만

그렇게 비싼 고급 스포츠카를

내가 살 수 있는 날이 올지

그게 정작 나로선

자신이 없다.

[고범24_219]

바보

(늘 내가 찾아갔잖아)

한 번쯤 네가 와 주면 안 되겠니?

별아, 달아 그리고

꽃들아

LP)

바보짓과 천재짓은 종이 한 장 차이다('바보짓'은 사전에 나오는 공식 용어다). 어떤 바보가 계란을 보면서 시계를 삶고 있더란다. 뉴턴 애기다. 어떤 바보가 말고삐를 잡고 산을 넘었는데, 말은 없고 고삐만 있더란다. 역시 그 잘난 뉴턴 얘기다. 그런 뻘짓들이 지금은 뉴턴의 천재성을 증명하는 에피소드로 남아 있다. 시계를 삶은 적은 없지만, 나도 그와 비슷한 바보짓을 평생 하고 있다. 그런데 평가는 완전히 반대다. 즉, 어릴 때는 주변의 웃음거리가 됐고, 나이 든 지금은 조기 치매로 의심받는다. 차이는 딱 하나다. 뉴턴은 천재적 성과를 냈고 나는 아직은(?) 아니다. 끝이 중요하다는 점에서 인생은 야구와 비슷하다. 야구도 인생도 사랑도 끝날 때까지 '끝난 게' 아니다. 어릴 때 나도 떨어지는 사과를 본 적이 있다. 그때 엄마에게 이렇게 물었단다(나중에 들었다). "사과도 떨어지면 아파?"

[고범24_220]

여행

(Go!)

가니까 세월이고,
가니까 여행이다.

LP)
인생에서
영원히 좋은 것은
꽃과 사랑과 여행뿐이다.

꽃은 봐야 하고, 사랑은 해야 하고
언제, 어디로, 누구와 가든
여행은 가야 한다.

특히나 여행에 관해서는
가슴이 떨릴 때 가는 게 좋지만
설사 다리가 떨릴 때라도
두 다리를 떨면서
가야 한다.

한 번뿐인 인생
여행은 가야
한다.

[고범24_221]

독재

(말하자면)

산업화는 의무
민주화는 권리

LP)

히틀러는 집권 후 크게 네 가지 일을 했다. 첫째, 경찰의 규모를 늘렸다. 둘째, 공익이 사익에 우선한다는 법을 만들었다. 셋째, 대규모 국책 사업을 폈다. 넷째, 소위 국뽕을 조장했다. 그 결과 사회가 안정되고 실업이 감소하고 경제가 성장하였다. 이 과정에서 히틀러는 사익을 추구하지 않았다(칭찬이 아니라, 히틀러가 양아치는 아니다). 동서양의 성공적인 독재자들이 이런 식으로 나라를 일으켰다. 물론 자유와 민주는 희생되고 당연히 인권도 유린된다. 그런데도 국민은 독재자를 지지한다(우리에게도 비슷한 역사가 있다). 왜? 지옥보다는 감옥이 나으니까. 감옥은 최소한 안전하고 밥은 주잖아. 하지만 국민은 변한다. 안정과 경제가 확보되면 자유와 민주를 원하게 마련이다. 문제는 독재가 만들어 놓은 독버섯 즉, 기득권이다. 이 단계에서, 어떤 계기로든, 기득권이 자멸해 주면 가장 좋지만, 그런 행운은 드물다. 이 점에서 우리나라는 운이 좋았다고 할 수 있다.

[고범24_222]

신과 과학

(얼마나 다행인가)

언제라도 영혼을 포기하면
우리도 기계가
된다.

LP)

이 우주에는
두 개의 절대 힘이 존재한다.
영혼을 가진 신의 힘과 영혼이 없는 과학의 힘.
영화〈매트릭스〉에서 보여 주는 전쟁은
지능 기계의 몸으로 온 과학과
인간의 몸으로 온 신과의
건곤일척의 승부다.
최종 승자가 누구일까?
뭐, 어느 쪽이 이기든 상관없다.
첫째, 인간으로 온 신이 이긴다면
신이 주신 몸 그대로 살다가
천국으로 직행하면 되고,
둘째, 기계로 온 과학이 이긴다면
영혼을 포기한 채 기계로
불사불멸의 삶을
살면 된다.

[고범24_223]

언어의 겉멋

(멋을 앞세우지 말 것)

언어는 옷이
아님

LP)

분야마다 특유의 언어 스타일이라는 게 있다. 특별히 내가 싫어하는 언어 스타일이 있다. 언필칭 '주지시 스타일'과 '평론 스타일' 그리고 칸트나 헤겔이 보여주는 '철학 스타일'이 그것이다. 이들은 30%의 자기 생각에 70%의 난해성을 더해서 글을 쓴다(내겐 그리 보인다). 원래 주지시나 평론(특히 문학) 그리고 철학은 충분히 어렵다. 여기에 난해성을 70%나 보탰으니, 우리 같은 민중(?)이 이해 못 하는 게 당연하다. 다음 문장을 보자. **"화석화된 진실의 역습에 직면하여 다층화된 인지적 감성들이 역설적 반감을 드러낸다."** 일테면, 이런 글을 이해하는 사람이 몇이나 되겠나? 내가 썼지만, 내가 이 글에서 설명할 수 있는 부분은 30% 정도다. 70%는 나도 모른다. 그냥 뭔가 '있어 보이도록' 쓴 거다. 물론 이런 식의 글로만 표현될 수 있는 고차원적 경지가 있기는 할 거다. 하지만 이런 식의 글 상당수에서 사기성(좋게 말해서 겉멋)이 느껴지는 것도 사실이다.

[고범24_224]

233

번개

(잘 보면)
번개가
생각보다는
길다.

LP)
지상에서 번개는
매초 100번 정도 발생한다.
전압은 가정용보다 50만 배 높지만
속도는 의외로 느려서 시속 50㎞도 안 된다.
번개는 크게 두 가지 유형이 있는데,
하나는 하늘의 기운이 땅으로 내리꽂는 형이고,
다른 하나는 땅의 기운이 하늘로 치고 오르는 형이다.
둘 중 후자가 훨씬 강력하고 위험하고 아름답다.
벤저민 프랭클린은 연을 날려서 번개가
신의 분노가 아니라, 전기현상이라는 것을 밝혀냈다.
그에게 놀라운 점은 번개의 본질을 밝혀낸 사실이 아니라
실험 운이 유별나게(?) 좋았다는 사실일지 모른다.
그의 경쟁자들 대부분이 감전으로 죽었거든.
당시 교회들은 피뢰침을 거부했다는데,
성전에 벼락이 칠 수 있다는 걸
인정할 수가 없어서란다.

[고범24_225]

234

상 짓기

(상 짓기를 멈추면)

마움도 멈추고
사랑도 멈춘다.

LP)

맞다. 모든 문제는 우리가 짓는 상에서 출발한다. 일테면, 그 사람 때문에 불쾌한 게 아니라 그 사람에 대해서 우리가 짓는 '想' 때문에 불쾌한 거다. 해서 상을 짓지 않으면, 문제 자체가 성립되지 않는 경우가 많다. 상을 짓지 않으면 사물을 있는 그대로 볼 수 있다. 있는 그대로의 사물은 '불교 용어로 표현하면' 〈空〉이다. 즉, 사물 그 자체는 해로운 것도 아니고 이로운 것도 아니다. 죽음도 그렇다. 그 자체만 보면 죽음 역시 하나의 자연현상일 뿐 공포의 대상은 아니다. 그렇다고 상 짓기를 너무 매도할 필요까진 없다. 인간의 상 짓기 본능 역시 오랜 진화의 결과다. 좋게 말해서 상 짓기는 필요악이다. 하여 상 짓기를 전제하지 않고 예술을 논할 수는 없다. 과학은 가설에서 시작되는데, 가설 역시 상 짓기의 결과물이다. 하니, 상 짓기를 멈추고 사랑하는 여인을 바라본다면 무엇으로 보일까? 과연 '한 송이 꽃'으로 보일까?

[고범24_226]

235

잔치국수

(밀것이 헛것이여!)
국수 먹고 나오시다 넘어진
우리 할머니
말씀

LP)
잔치국수는
첫째, 싸고 맛있다.
들어가는 재료가 싸거든.
둘째, 조리하기가 비교적 쉽다.
물, 간장, 멸치 넣고 끓이면 된다.
셋째, 소화가 진짜로 잘된다.
잔치국수 먹고 체한 사람 본 적이 없다.
넷째, 초스피드로 먹을 수 있다.
젓가락에 감아서 후루룩 삼키면 된다.
다섯째, 국수 앞에 붙은 이름이 대박이다.
'잔치' 칭호는 잔치국수에만 붙는다.
통일이 되면 7천만 동포를 모아서
잔치국수 잔치를 하고 싶은데
7천만이 사용할 냄비를
어디서 구할지가
좀 걱정이다.

[고범24_227]

236

돈의 힘

(칼은 강하고)
돈은
너무 강하다.

LP)

아프가니스탄의 반군 지도자가 말했다. "우리가 이긴다. 정부군은 돈을 위해서 싸우지만, 우리는 신념을 위해서 싸우거든." 멋진 말이지만 정말로 돈이 신념보다 약할까? 답하기 어렵다. 돈의 힘은 절대로 약하지 않다. 돈을 위해 싸우는 군대가 약한 이유는 부패했기 때문이다. 사실, 돈을 위해 싸우는 군대는 부패해지기 쉽다. 보통은 부패 쪽이 더 큰 돈이 되기 때문이다. 그렇다고 돈을 위해 싸우는 군대가 무조건 약한 건 아니다. 예를 들어, 스위스 용병들은 엄청 강했다. 돈을 위해 싸웠지만 결코 약하지 않았다. 부패하지 않았기 때문이다. 왜 부패하지 않은 거지? 살기 위해서다. 어떤 나라가 부패한 용병을 받아 주겠는가? 반면 베트남과 아프가니스탄에서 '똑같이 돈을 위해 싸우던' 정부 쪽 군대는 약했다. 당연하다. 아무리 부패해도 잘릴 염려가 없으니까(싸우는 곳이 자국이잖아). 다시 묻자. 돈과 신념이 제대로 맞장 뜨면 누가 이길까? 글쎄다. 답하기 어렵다.

[고범24_228]

농부

해가 진다.
남아 있는 풀들에게
늙은 농부가 말을 건넨다.
남아 있는 제초제는
버리겠노라고.

LP)

이 세상에
여러 직업이 있지만
나는 농업을 최고로 친다.

첫째, 해충과 싸우는 재미도 있고,
둘째, 소출을 통해서 돈도 조금 생기고,
셋째, 그것을 먹는 사람들을 기쁘게 만든다.
넷째, 대부분의 농작물은 아름다운 꽃을 피운다.
다섯째, 농작물을 키워 내는 전 과정이
나름 하나의 고귀한 창조 행위다.

이렇게 근사한 직업이
아메리카 대통령과
농사일 말고
또 있나?

[고범24_229]

물기

(물어 죽일 게 아니라면)

물지

마세요.

LP)

세상에는 두 종류의 인간이 있다. '무는 놈'과 '물리는 놈'이다. 첫째, 무는 놈은 계속해서 물기 위해 노력해야 한다. 무는 놈들은 경쟁하기 때문이다. 즉, 계속 무는 권리를 누리기 위해서는 상당한 노력과 시간을 투자해야 한다. 당연히 자기 자신의 개발에는 등한해진다. 반면, 물리는 놈은 계속 물리기 위해 노력할 필요가 없다. 물리는 놈들 간에는 당연히 경쟁도 없다. 해서 물리는 놈은 가진 자원을 자신의 개발을 위해 투자할 수 있다. 즉, 길게 보면 물리는 놈이 경쟁에서 유리하다. 한신 장군이 어릴 때 기꺼이 양아치의 가랑이 사이로 기어간 이유다. 더 명징한 사례가 있다. 오늘날, 이 땅에 어떤 동물이 살아남았는가? 무는 쪽인가 물리는 쪽인가? 물리는 쪽이다. 즉, 전자에 속하는 호랑이, 표범, 늑대는 멸종했고, 후자에 속하는 노루, 고라니, 토끼는 살아남았다. 해서 여러분의 자녀가 물리고 왔으면 안심해도 된다. 반대로 물고 왔으면 혼쭐을 내야 한다. 자식의 미래가 염려된다면 말이다.

[고범24_230]

존재와 존재

(나, 춥다)
구름아
너라도 좀
덮자.

LP)
눈을
크게 뜨고,
높은 시각으로,
존재론적 관점에서,
진실로 사심 없이 보자면,
사람이나 곤충이나 길가의 꽃들이
일테면 도토리 키 재기에 다름 아니고,
모든 생명은 우연히 태어난
한 개의 복제 세포
후손이며,
그래서 하는 말인데,
짧은 생애(기껏해야 사흘)를
치열하게 사랑하다 가는
하루살이가 인간보다
못할 게 없다는
말입니다.

[고범24_231]

권투

(질 때 지더라도)
싸워보고
져라.

LP)

권투는 스포츠 중에서 가장 순수한 종목이다. 승부 결과는 깔끔하다. 심판이 봐 주기 어렵다(관중이 바로 알아채거든). 심지어는 돈 받고 져 주기도 쉽지 않다. 몇 번 얻어터지면 몸의 원시적 본성이 뛰쳐나온다. 머리가 져 주라고 해도 몸이 들어 먹지 않는다. 긴 진화를 거치면서 몸은 위험에 적응해 왔다. 즉, 몸의 주된 임무는 반응이다(하여 주먹이 들어오면 피하거나 맞받아친다). 이처럼 권투엔 실력 외의 요소가 개입되기 어렵다. 일테면, 돈, 인맥, 행운, 배짱, 인성 같은 거 말이다. 적어도 사각의 링 안에서는 권모술수나 중상모략도 힘을 못 쓴다. 한마디로 권투에선 강한 놈이 이긴다. 센 놈이 이긴다. 나는 타이슨의 광팬이다. 타이슨은 주먹도 세지만 말도 세다. "누구나 계획이 있다. 처맞기 전까지는." 정말 싸움꾼다운 말이다. 하지만 인생은 무상하다. '花無十日紅'이라고 했던가? 천하의 타이슨도 전승은 아니다. 흠씬 쥐 터진 적도 있다(여섯 번이나 말이다).

[고범24_232]

241

비우기

채우기			채우기
채우기			채우기
채우기			채우기
채우기			채우기
채우기			채우기
채우기	채우기	채우기	채우기

LP)
채웠다
비울 때
그릇이
커진다.

채웠다 비울 때 여유가 커지고,
채웠다 비울 때 기쁨이 커지고,
채웠다 비울 때 사랑이 커지고,

채웠다
비울 때
인생이
커진다.

[고범24_233]

되지 말 것

(믿을 게 정신력밖에 없는 나라냐)

믿을 게
정신력밖에 없는
인간

LP)

강한 힘은 어디서 나오나? 대충 말해서, 50%는 내공에서 나오고, 50%는 외공에서 나온다. 내공은 내부 담금질로 만들어지고, 외공은 외부 담금질로 만들어진다. 둘 다 필요하다. 외공이 약하면 시작 자체가 어렵고, 내공이 약하면 시작은 해도 오래 버티기 어렵다. 전자는 '蛇頭龍尾'가 되기 쉽고 후자는 '龍頭蛇尾'의 우려가 있다. 당연히 사두용미가 낫지만 사두 단계에서 목이 잘리면 말짱 황이다. 결론적으로 두 단계가 필요하다. 첫째, 안으로 들어갈 것. 안에서 할 일은 학습과 성찰을 통한 내부 담금질이다. 둘째, 밖으로 나갈 것. 밖에서 할 일은 세상과의 접촉을 통한 외부 담금질이다. 여기서 접촉이란 '도전과 경쟁'을 통한 세상과의 부딪침을 의미한다. 더러 외공만으로 성공한 케이스도 있지만(정주영, 링컨, 프랭클린, 마쓰시타 등) 흔한 일은 아니다. 성공한 사람 대부분은 내공과 외공을 고루 갖추고 있다.

[고범24_234]

포기

(나는 쿨 하게 떠나는데)
그림자가
몰래몰래
돌아보네.

LP)

망하는 놈은 두 가지 이유로 망한다.
즉, 너무 빨리 포기하거나 너무 늦게 포기해서다.
우리는 '절대로 포기하지 말라' 는 말을 스무 번쯤 듣고시야
대학 문을 나선다. 그러나 창밖의 현실은 많이 다르다.
죽어도 포기하지 않으면 진짜로 죽는 수가 있다.
잘나가던 노키아는 프로그램 심비안을
죽어도 포기 못 한다고 버티더니,
결국 소원대로 죽고 말았다.

필자로선
설사 하늘이 무너져도
포기할 수 없는 게 세 가지 있다.
예쁜 딸과 마누라 그리고
아아! 우리 조국
대한민국.

[고범24_235]

민주주의여!

너도
애 낳을 생각이
없니?

LP)

우리는 쉽게 '나'라고 하지만 나가 무엇인가? 일테면, 현재의 나만 나가 아니다. 즉, 나는 〈현재의 나와 과거의 나와 미래의 나〉의 통합으로 봐야 한다. 따라서 의사 결정을 민주적으로 하려면 이 셋이 모여서 '합의를 보거나 투표를' 해야 한다. 최근 싱글로 살겠다는 젊은 이들이 많아지고 있다. 결혼을 거부하는 이유를 물어보면 "나 스스로 선택했습니다."라고 대답한다. 문제는 그 말에서의 '나'가 현재의 나라는 점이다. 과거의 나와 미래의 나도 불러서 합의한 게 아니라는 말이다. 모든 생명체는 새끼를 낳는 순간 온몸이 새 생명의 생존을 돕는 쪽으로 급변한다. 즉, 번식 행위를 합리화하는 쪽으로 마음이 바뀐다. 그때의 나가 미래의 나이다. 그리고 인간은 늙고 병이 들면 필연적으로 가족의 필요성을 느낀다. 그때의 나가 미래의 나인 거다. 하니, 결혼을 포함해서 많은 문제의 경우 셋이 모여서 민주적으로 결정한다면 결론이 얼마든지 달라질 수 있다는 얘기다.

[고범24_236]

245

낙조

까치가
까 치 발 로
지는 해를 바라본다.

LP)
 진중한 태양은
 석양이 예쁘다.

 단아한 단풍은
 낙엽이 예쁘다.

 순수한 사랑은
 이별이 예쁘다.

[고범24_237]

빈삼각

(현실 세상에는)

절대 善手도 없고

절대 惡手도 없다.

LP)

나는 바둑으로 인생의 교훈을 배운다. 바둑에서 대표적인 악수로 '빈삼각' 이라는 게 있다. 참으로 볼품없고 빈약한 수가 빈삼각이다. 실전에서 빈삼각을 두고 살면 좀 초라해 보인다. 해서 미학을 따지는 일본의 프로기사들은 '차라리 지고 말지' 빈삼각은 두지 않는다고 한다. 이해는 되지만, 프로답지 않다는 생각도 든다. 우리가 살아가는 세상은 동화에 나오는 이상향이 아니다. 맑고, 곱고, 곧은 세계가 아니라는 말이다. 그보다는 우아함과 추함이 함께 어우러져 돌아가는 일종의 하이브리드에 가깝다(세상이 자주 부조리하게 보이는 이유다). 그러니 대충 '큰 스케일에서' 미학과 선함을 추구하며 살면 된다고 생각한다(나는 그렇게 살고 있다). 뭐, 신념도 취향도 자유다. 추하게 사느니 죽는 게 낫다는 사람에겐 딱히 할 말이 없다. 하지만 '나처럼' 개똥밭을 굴러도 이승이 낫다고 생각하는 사람이라면 빈삼각도 두어야 한다. 그리고 말이지, 잘 보면 빈삼각에도 나름의 미학은 있다.

[고범24_238]

옥상花

(절실함이 나서면)

사실도 비키고,
진실도 멈춘다.

LP)

흙과 물이 없는
옥상 바닥에도 꽃이 핀다.
대개는 평범한
잡초다.

옥상의 꽃들은
어떤 어려움 속에서도
자기 스타일로
핀다.

하여,
옥상의 꽃들은
처연하면서 당당하다.

이 땅엔 유난히
옥상화가
많다.

[고범24_239]

게임

사랑하듯 게임할까요?
게임하듯 사랑할까요?

LP)

게임은 인간의 '원초적 본성'이다. 인간은 원래 게임을 좋아한다. 어쩌면 게임을 좋아하는 성향이 생존에 유리했기 때문일 수도 있다. 아닌가? 왜 손을 자르고도 노름을 하나? 왜 초 새벽에 일어나서 낚시하러 가나? 왜 탁구장에 가 보면 다들 게임을 하나? 왜 제갈량은 편하게 살지 않고 살벌한 전장으로 갔나? 그게 다 게임하고 싶어서다. 당연한 얘기지만, 게임은 원래 재미있다. 그런데도 세상에는 게임을 싫어하는 사람들이 있다. 대체로 두 가지 이유다. 첫째, 게임을 제대로 해 본 적이 없어서다. 둘째, 게임 상대가 너무 강하거나 너무 약해서다(게임은 이겼다 졌다 해야 재미있다). 어떤 이유에서든 게임을 기피하는 건 어리석은 일이다. 게임이야말로 신이 허락하신 최고의 유희 중 하나다. 이 세상 최고의 게임은 무엇일까? 바로 사랑이다. 사랑을 거래라고 말하는 사람도 있지만, 아니다. 사랑은 게임이다. 사랑이 재미있는 이유가 그래서다.

[고범24_240]

망초와 아이들

신작로에서 망초와 아이들이 자라네.
바람 속에, 먼지 속에, 무관심 속에
왁자지껄 시끌벅적 꿋꿋하게 자라네.

LP)
옛날 우리 시골에서는
새로 낸 길을 신작로라고 불렀는데,
바람이 불고 먼지가 일고 차들로 늘 시끄러웠다.
아이들과 망초는 서로 다른 이유로 신작로에서 만났다.
신작로는 거친 환경이지만, 망초와 아이들에게는
자유와 놀이가 허락된 최고의 환경이었다.
결국 신작로를 둘러싼 거친 환경이
여린 아이들과 여린 망초들을
善하고 强하게 키워냈다.
이제 성장한 망초들은
논과 밭과 숲으로 진출해서
대한민국의 대표 잡초가 되었으며
성장한 아이들은 공장으로 진출해서
위대한 조국 대한민국의
대표 노동자가
되었다.

[고범24_241]

논리구조

(가장 널리 퍼진 종교는)

증명이라는 이름의

종교다.

LP)

논리 구조에는 세 가지 유형이 있다. 수학적 논리구조, 과학적 논리구조, 인문학적 논리구조가 그것이다. 첫째, 수학적 논리구조는 '논증(논리에 의한 증명)'에 근거한다. 둘째, 과학적 논리구조는 '실증(실험에 의한 증명)'에 근거한다. 셋째, 인문학적 논리구조는 '심증(믿음에 의한 증명)'에 근거한다. 모든 진리가 100% 신뢰성을 갖는 건 아니다. 즉, 신뢰성에 따른 등급이 있다. 첫째, 수학적 진리는 영원히 변치 않는다. 만 년 후에도 내각의 합은 180도일 거다(삼각형 얘기다). 둘째, 과학적 진리는 거의 믿을 수 있다. 나는 내일도 태양이 뜬다는 주장에, 목숨은 몰라도, 전 재산을 걸 수 있다. 셋째, 인문학적 진리는 신뢰성에 흠이 좀 있다. 믿음은 각자 다르고 또 상황에 따라 얼마든지 변할 수 있기 때문이다. 하나 실용성으로 보자면 인문학적 논리구조가 으뜸이다. 일테면, 사랑과 행복의 논리구조는 전적으로 인문학적이다. 그리고 정치와 경제의 논리구조도 상당 부분이 그렇다.

[고범24_242]

구멍

(구멍이 있는 그물이)
붕어도 잡고
사랑도 잡고
돈도 잡는다.

LP)
큰 배도
작은 구멍 하나로
침몰한다는 말이 있다.
정말로 그런가? 지금 당장,
배의 벽과 천장에 구멍을 뚫어 보라.
한 개 아니라 백 개를 뚫어도
배는 신나게 잘 간다.

세상은 변했다.
현대는 타이밍의 시대다.

이제 매사에 철저한 자세는 미덕이 아니다.
80억이 뒤엉켜 싸우는 세상에서
쓸데없는 철저함이란
타이밍을 막는
천적이다.

[고범24_243]

자원

중국은 인구 자원이 풍부하다.
중동은 석유 자원이 풍부하다.
한국은 결핍 자원이 풍부하다.

LP)

결핍이 무조건 나쁜 게 아니다. 최고의 힘은 '적정 결
핍'에서 나온다. 즉, 결핍이 너무 많으면 체념에 빠지
기 쉽고, 결핍이 너무 적으면 나태에 빠지기 쉽다. 둘
중 어느 쪽이든 힘과 열정이 나오기 어렵다. 잡초를 죽
이는 좋은 방법이 있다. 상당 기간 물과 영양과 햇빛을
충분히 제공해 주면 된다(잡초의 '결핍'을 0으로 만들
어 주라는 얘기다). 하면, 잡초 특유의 생존력이 서서히
사라진다. 이렇게 천하의 잡초도 깡을 잃고 순둥이가 되
는 거다. 이젠 살짝 밟기만 해도 죽는다. 개인이나 회사
나 국가도 마찬가지다. 오랜 기간 풍요를 제공하다 갑자기
끊어 주면 멀쩡하던 놈도 비틀거린다. 그런 의미에서 적정
한 결핍도 자원의 한 형태로 볼 수 있다. 한국이 대표적
사례다(한국인 특유의 역동성이 결핍에서 나온다). 아마도
한류는 생각보다 오래갈 거다. 주변 정세를 보건대, 현
재의 결핍이 더 늘거나 줄 것으로 보이지 않아서다. 즉,
현재의 적정 결핍이 꽤 오래갈 것처럼 보이기 때문이
다.

[고범24_244]

미꾸라지

(강도 인간도 그 바닥은)

원래가
더럽다.

LP)

미꾸라지는
잘 빠져나가는 것과
물을 흐리는 것으로 악명이 높다.
둘 다 일리는 있지만 좀 억울한 점도 있다.
첫째, 잽싸기로는 피라미가 한 수 위다.
둘째, 물을 흐리는 점은 있지만
이건 바닥 자체가 더러운 탓도 있다.
요즘 <~꾸라지>라는 말이 유행 중이다.
그런데, 잘 빠져나간다는 것이 꼭 나쁜 일인가.
나는 우리 대통령이 <대통령 꾸라지>가 되셨으면 한다.
지금 우리가 마주한 상황이 딱 바람 앞의 등불이다.
이념 갈등, 핵 문제, 인구 감소, 미중의 대결 등
온갖 복잡한 문제들이 첩첩산중이다.
미꾸라지처럼 빠져나가지 않으면
우리 5천만 국민이 다
죽을 판이다.

[고범24_245]

노후

(대비하면 좋은 것)

핵전쟁과

노후

LP)

노후 대비는 결국 부의 축적에 있다. 여기서 부는 정신적 부, 육체적 부, 물질적 부 등 세 종류가 있다. 사실, 우리는 가볍게 '富' 라는 용어를 사용하지만, 엄밀히 말해서 노인의 '은퇴 후의 부' 와 젊은이의 '현역의 부' 는 다른 점이 있다. 특히 정신적 부에서 차이가 난다. 즉, 전자가 자산 축적이나 지위 상승을 위한 지식이라면 후자는 행복한 삶을 사는 데 도움이 되는 지식이다. 물질적 부도 다르다. 즉, 전자가 투기적 성격의 자산이라면 후자는 안전한 현금성 자산이다. 육체적 부도 약간 다르다. 즉, 전자가 경쟁에서 이기기 위한 육체적 파워라면 후자는 질병에 대한 방어력이다. 이 세 가지 부는 시너지를 내는 측면도 있지만 상충하는 측면이 더 강하다. 부를 얻기 위해서는 '유형에 상관없이' 상당한 수준의 시간과 노력이 투자되기 때문이다. 일테면, 세 가지 부 중 심신 특히 마음에 비중을 두면 물질 쪽은 부실해진다. 동서고금의 성자 중에 부자가 드문 이유다.

[고범24_246]

닥치고 일등

(1등에게는)

비교 없는 세상이

지옥

이다.

LP)

　여러분

　일등 하세요.

　동네에서 일등 하세요.

　다음은 국가에서 일등 하세요.

　그다음은 전 세계에서 일등 하세요.

　뭐, 그냥 편하게 말할게요.

　평생 앞만 보고 뛰다가

　팍 고꾸라져서

　죽으세요.

　[고범24_247]

실수

(자주 해서 좋을 건 없죠)

실연도

실수도

LP)

세상이 점점 복잡해지고 있다. 이렇게 복잡한 세상에서 실수를 피하기는 어렵다. 특히 말실수는 일상적으로 일어난다. 문제는 그다음이다. 실수했을 때 바로 사과하면 실수가 한 번으로 끝난다. 하지만 체면을 지키려고 두 번, 세 번 우기면 실수가 두 개, 세 개로 늘어난다(실수는 초파리만큼이나 증식을 잘한다). 우리 대부분은 평범한 인간으로 태어난다. 성인 흉내는 구조적으로 어렵다. 해서 실수가 잘못은 아니다. 하지만 불필요하게 실수를 늘리는 건 바보짓이다. 안다. 큰 실수는 오리발이 답이라는 것(어차피 큰 실수는 인정하는 순간 죽음이거든). 하지만, 말이든 행동이든, 우리 같은 범인이 저지르는 실수의 대부분은 소소하다. 하니 실수 할때마다 즉각적인 사과로 실수의 증식을 막는 것이, 길게 보면 현명하다. 그리고 평소에 사과를 잘해 둬야 어쩌다 한 번 '닭 잡아먹고 오리발 내밀 때' 먹힐 확률이 높아진다.

[고범24_248]

임

LP)
  임 생각을 지우니
  꽃 한 송이
  남네.

    [고범24_249]

지구와 인간과 미래

(지금 필요한)

건

LP)

생각이나 말이 아니고,

생각이나 말이 아니고,

생각이나 말이 아니고,

생각이나 말이 아니고,

생각이나 말이 아니고,

생각이나 말이 아니고,

생각이나 말이 아니고,

생각이나 말이 아니고,

생각이나 말이 아니고,

생각이나 말이 아니고,

생각이나 말이 아니고,

생각이나 말이 아니고,

생각이나 말이 아니고,

생각이나 말이 아니고,

생각이나 말이 아니고

요.

[고범24_250]

부록 몇 가지 논점들

1. 명함 북

 필자는 언필칭 '명함 북(book type name card)'을 제안한다. 명함 북은 한마디로 명함의 책 버전이다. 명함 북은 저자의 '사고체계'를 담고 있다는 점에서 스펙과 이력을 담고 있는 자서전과는 다르다.

 필자가 생각하는 명함 북은 250쪽 정도의 '논문 스타일 산문집'이다(즉, 명함 북은 산문에 속한다). 명함 북은 크게 세 가지 내용을 담아야 한다. 첫째, 저자의 4관(인생관, 가치관, 역사관, 세계관)을 담아야 한다. 둘째, 저자의 인문학적 소양을 남아야 한다. 셋째, 저자가 갖고 있는 지식과 상식 전반을 담아야 한다.

 우리는 명함 북을 통해서 저자의 내면(사고 체계)을 추정할 수 있을 것이다. 즉, 그 사람이 '무슨 생각을 하면서 살고 있는지'를 짐작할 수 있다. 해서, 다음과 같은 질문의 답을 얻을 수 있다.

 첫째, 이 사람과 함께 일할 수 있는가?
 둘째, 이 사람이 나의 친구가 될 수 있는가?
 셋째, 이 사람이 나의 배우자가 될 수 있는가?

 일반적으로 대학에서는 졸업 조건으로 졸업 시험, 졸업 논문, 토플 점수 등을 요구한다. 필자는 '명함 북 쓰기'를 제안하고 싶다.

 명함 북을 제대로 쓰려면 충분한 독서와 토론 그리고 사색이 전제되어야 한다. 하여, 명함 북 쓰기는 지적 자산의 증진과 함께 저자가 갖고 있는 사고 체계를 종합적으로 정리할 기회를 제공해 준다.

명함 북은 나를 남에게 알려 주는 책인 동시에 내가 누구인지를 나 자신에게 알려 주는 책이기도 하다. 명함 북을 쓰고 나면 자연스럽게 자신의 〈철학과 신념과 취향〉이 정립된다. 하여, 명함 북은 명실상부한 또 하나의 신분증명서 즉, 제2의 '주민등록증'이 될 거다.

참고 1) 요구 조건

명함 북은 저자가 '무슨 생각을 하면서 살고 있는지'를 보여 주는 책이다. 하여 대략 다음과 같은 조건을 충족시켜야 한다.

① 내용

저자의 사고체계를 보여 준다.

② 크기

크기가 적정하다.

③ 구성

체계적이고 논리적이다.

④ 제한

이력과 스펙은 다루지 않는다.

⑤ 흥미

흥미 요소가 있다.

⑥ 시각

시각이 긍정적이다.

⑦ 가독성

가독성이 높다.

⑧ 구체성

구체적으로 서술한다.

⑨ 표준화

내용과 형태에서 표준화되어 있다.

⑩ 특성

4대 특성(무모순성, 독립성, 완전성, 국제성)을 갖춘다.

참고 2) 진위

명함 북은 저자가 집필 시점에서 갖고 있는 철학과 신념과 취향(혹은 관심사) 등을 '있는 그대로' 소개하는 책이다. 즉, 객관적인 정보나 지식을 전달하는 책이 아니다(하여, 주장의 진위는 중요하지 않다).

참고 3) 재미 요소

명함 북은 많은 사람들에게 자신을 소개하는 책이다. 따라서 어떻게든 '읽히도록' 써야 한다. 최소한의 재미 요소가 필요한 이유다.

참고 4) 가독성

명함 북은 마땅히 명함의 기능을 가져야 한다. 명함은 빠른 정보 전달이 생명이다. 다시 말해서, 명함 북은 천천히 여유를 갖고 읽는 책이 아니다. 해서, 명함 북에서는 가독성이 매우 중요하다.

참고 5) 긍정적 시각

명함 북은 밝고 긍정적인 시각으로 써야 한다. 한 사람이 갖는 '생산성과 사회성'은 그 사람의 밝은 측면에 의해서 드러나기 때문이다.

참고 6) Target

원래 명함은 전공/직업/환경의 측면에서 같은 권역에 속한 사람들끼리 교환하는 게 일반적이다. 명함 북도 마찬가지다. 자신이 속해 있는 리그(혹은 분야) 사람들을 주 타깃으로 삼는 게 바람직하다.

참고 7) 품격

명함 북은 저자의 분신과 같은 것이다. 하여, 글(혹은 책)로서의 세련미와 품격이 매우 중요하다. 명함 북에 무모순성, 독립성, 완전성, 국제성 등 네 가지 기본 특성이 요구되는 이유다.

참고 8) 표준화

명함 북에서 표준화는 필수다. 첫째, 책을 빠르고 정확하게 읽기 위해서 표준화가 필요하다. 둘째, 책을 쉽게 쓰기 위해서 표준화가 필요하다. 셋째, 효율적인 평가를 위해서도 표준화가 필요하다.

참고 9) 지적 재산

부동산이나 현금이나 주식이 '物적 재산의 척도'로 이용되는 것처럼 명함 북은 '知적 재산의 척도'로 이용될 수 있다.

참고 10) 사회적 경비

오늘날 우리는 특히 소통 문제에서 많은 어려움을 느낀다. 소통의 어려움으로 불필요한 갈등이 발생하고 이로써 낭비되는 사회적 비용이 엄청나다. 이래서는 국민 통합 자체가 어렵다. 우리가 명함과 함께 명함 북을 교환한다면 소통 문제 해결에 큰 도움이 될 것이다.

참고 11) 대통령과 명함 북

우리가 대통령이나 국회의원을 뽑고 나서 크게 실망하는 경우가 더러 있다. 설마 '그런 생각을 하면서 사는 사람이었는지' 모르고 뽑았기 때문이다. 장관 청문회장에서도 질문자와 응답자 모두가 답답해한다. 인생사와 세상사에 대한 서로의 생각을 서로가 모르기 때문이다. 명함 북이 보편화된 사회라면 이런 문제가 상당 부분 경감될 것이다.

2. bSS

우리는 이 책에서 'bSS(bright Short Story)' 라는 이름의 글쓰기 장르를 제안한다. bSS는 총 10개의 규칙으로 정의된다.

[규칙 1] 구성

bSS는 머리, 가슴, 배, 날개 등 네 부분으로 구성된다.

머리	: 제목	/* 주제 제시 */
가슴	: AP(Attention Please)	/* 관심 끌기 */
배	: LP(Listen Please)	/* 주장 전개 */
날개	: ID 코드	/* 코드 부여 */

[규칙 2] 일반 형태

1) 제목

① 진하게 쓴다.

② 라인 중앙에 번호 없이 쓴다.

③ 명사/명사구 혹은 완결된 문장이다.

2) AP

① 라인 중앙에 문자나 이미지로 쓴다.

② 구성 =['AP'] + 내용 /* [ ] : 생략기호 */

③ 전체 형태(5가지) : ■, ▲, ▼, ◆, ◤

단, 이미지에는 형태 제약이 없다.

3) LP

① 라인 중앙에 문자로 쓴다.

② 구성 = 'LP' + 내용

③ 전체 형태

A형 : Σ(삼각형 혹은 사각형)

B형 : tail_사각형

④ 왼쪽 테두리는 수직선이다.

⑤ 첫 문장은 칸을 띄우지 않는다.

⑥ B형의 마지막 줄은 한 글자(tail)이다.

⑦ A형 문장에서의 단어는 두 줄로 쓰지 않는다.

⑧ B형의 문장들은 줄의 끝 칸에서 끝나지 않는다.

(즉, 글 전체가 하나의 문장처럼 보여야 한다)

4) ID 코드

① 시작점을 LP의 시작점과 일치시킨다.

② 구성 = 작가 이름 + 제작 연도 + '_' + 일련번호

작가 이름 : 두 자리 문자

제작 연도 : 두 자리 정수(연도 뒷자리)

일련번호 : 세 자리 정수(001 ~ 250)

[규칙 3] 용도와 관계

AP와 LP의 용도와 관계는 다음과 같다.

① AP는 독자의 주목을 끌어낸다.

② LP는 본격적으로 주장을 펼친다.

③ AP와 LP는 이미지가 조화를 이룬다.

[규칙 4] 기능성

bSS는 '명함 북' 이라는 기능을 갖는다.

① 명함 북의 주제는 인생이다.　　　/* 현실적인 삶 */

② 명함 북은 저자의 견해를 소개한다.

　즉, 저자가 '무슨 생각을 하면서 살고 있는지' 를 보인다.

③ 명함 북은 저자의 이력이나 스펙은 다루지 않는다.

[규칙 5] 작품성

bSS는 〈 절제, 절도, 절정〉 등 '3절의 미학' 을 추구한다.

[규칙 6] 분위기

글의 분위기가 밝다(저자의 밝은 면을 반영한다).

[규칙 7] 색깔

① 기본은 흑색이다.

② LP에서는 단락별로 흑색과 청색을 교대로 사용한다.

③ AP의 이미지에는 색에 대한 제약이 없다.

[규칙 8] 크기

1) 제목 : 13자 이하이다(공백 포함).

2) AP의 내용

　① 좌우 여백을 각각 40 이상 띄운다.

　② 세로는 5줄 이하이다(중간의 빈 줄 포함).

　　0줄도 가능하다(즉, AP는 생략이 가능하다).

3) LP의 내용

　① 좌우 여백을 각각 30 이상 띄운다.

　② 세로는 1줄 이상이다(즉, LP는 생략이 불가능하다).

4) 전체 : 1쪽이다.

[규칙 9] 스타일

bSS는 논문 스타일을 따른다.

① 구체적으로 쓴다(구체성).

② 주장에 근거가 있다(실증성).

③ 논리 전개가 체계적이다(체계성).

[규칙 10] b_BooK

250편의 bSS를 담은 〈책〉을 'b_Book'이라고 부른다.

① 책은 '1인 1권'을 원칙으로 한다.　　　　/* 책 : b_Book */

② 책 내용은 매년 1회 갱신될 수 있다.

③ 책의 편집 용지 규격은 다음과 같다.

　　종류: 신국판　　코팅: 유광　　내지: 80g 모조지

　　줄 간격: 110~180(제목과 AP), 180(기타)

　　글자 크기: 14(제목), 10(ID 코드), 10.5(기타)

　　글자 간격: -10±10(제목, AP, A형 LP), -13±5(기타)

④ 본문은 오른쪽 면에서 시작한다.

⑤ 본문의 첫 페이지 중앙에 좌우명을 적는다(4줄 이하).

⑥ bSS의 A형과 B형을 각각 좌측과 우측에 교대로 배치한다.

⑦ 감성적인 글은 A형으로 쓰고, 이성적인 글은 B형으로 쓴다.

⑧ 앞표지 상부에 〈저자 이름 + ('산문집')〉을 수평으로 쓴다.

⑨ 저자 이름 밑 중앙에 책 제목을 수평으로 쓴다(크기: 한 줄).

⑩ 책 제목 밑 중앙에 나비 두 마리를 넣는다.

⑪ 앞표지의 책 설명은 나비 그림 밑에 수평으로 쓴다(5줄 이하).

　　뒤표지의 책 설명은 하부 중앙에 수평으로 쓴다(11줄 이하).

⑫ 출판사 이름은 앞표지의 가장 하부에 수평으로 쓴다.

⑬ 표지의 바탕은 진한 적색, 문자는 흰색이다.

⑭ 차례는 한 줄에 두 개의 항목을 배치한다.

⑮ 책 표지는 상기 〈⑧ ~ ⑫〉 에서 지정한 항목만으로 구성한다.

⑮ 책 내용은 〈차례+ 좌우명+ 본문(250쪽의 bSS)+ 출판 정보〉 등,
   네 부분만으로 구성한다.

⑰ 앞쪽 책날개에 저자 소개를 싣는다.

⑱ 글은 모국어에 한자와 영어를 섞어 쓴다(국제성).

⑲ 책 내용은 상호 모순되지 않는다(무모순성).

⑳ 책을 통해서 저자의 4관(인생관, 가치관, 세계관, 역사관)과
   지적 · 인문학적 역량의 대강이 유추된다(완전성).

㉑ 채 내용은 중복되지 않는다(독립성).

참고 1) 설계 기준

 bSS의 주된 용도는 '명함 북을 위한 표준틀의 제공' 에 있다. 즉, bSS
를 명함 북 작성의 한 가지 도구로 쓸 수 있다. 명함 북은 '저자의 주장
을 엮은 책이므로' 성격상 흥미를 끌기 어렵다. 일반적으로 읽히기 어
렵다는 뜻이다. 해서, 어떻게든 '읽기 좋게' 쓸 필요가 있다. bSS가
제시하는 솔루션은 〈 ① 짧고(절제) ② 세고(절정) ③ 폼 나게(절도) 〉이
다. 그래야 가독성이 높아진다. 이런 이미지에 가장 맞는 게 '군 의장
대' 이다. 즉, 미학적 측면에서 bSS는 군 의장대를 지향한다.

참고 2) 기본 전제

 명함 북으로서의 b_Book이 갖는 기본 전제는 다음과 같다. 즉, 인간의
진정한 가치는 그가 가진 스펙(자산, 집안, 경력, 학력, 지위 등)이 아

니라 그가 평소 '무슨 생각을 하면서 살고 있는지'에 의해 결정된다. bSS에서 저자의 스펙이나 이력을 다루지 않는 이유다(단, 앞쪽 책날개의 저자 소개에서는 스펙이나 이력이 들어갈 수 있다).

참고 3) 자서전과의 차별
b_Book은 기본적으로 저자의 현재(집필 시점에 저자가 갖고 있는 사고체계)를 소개하는 책이다. 그런 점에서 저자의 과거(지난날의 주요 이력과 성과)를 소개하는 자서전과는 확실하게 다른 점이 있다.

참고 4) 재미 요소
전술한 것처럼 명함 북은 어떻게든 '읽히도록' 써야 한다. 이를 위해 그 내용이나 전개 방식에서 어느 정도의 재미 요소(일테면, 작품성과 대중성)가 들어가야 한다. 그래야 대중의 관심을 끌 수 있다.

참고 5) 긍정성
사람의 내면은 누구나 명과 암의 두 측면을 갖는다. b_Book(즉, 명함 북)은 전자에 초점을 맞춘다. 왜냐하면 한 사람이 가진 '생산성과 사회성'은 전자에 의해서 더 잘 드러나기 때문이다(명함 북이란 내가 가진 생산성과 사회성을 세상에 소개하는 책이라고 할 수 있다).

참고 6) A형과 B형
LP는 A형과 B형으로 나뉘는데, A형에는 감성적인 글을 담고, B형에는 이성적인 글을 담는다(규칙 10의 ⑥항). 전자와 후자는 내용상의 차이도 있지만 글의 전개 방식 자체가 다르다. 즉, 전자에서는 주로 문학적 기법(비약, 추상, 운율, 반어, 생략, 은유 등)이 사용되는 반면, 후자에서는 논술적 기법(가시적/구체적/단계적 논리)이 사용된다.

참고 7) b_Poem

b_Poem은 bSS의 AP용으로 개발된 시 장르이다(사용 의무는 없음).

① b_Poem은 〈배경 부분 + 전경 부분〉 등 두 파트로 구성된다.
② 배경은 소괄호 안에 넣는다.
③ 배경과 전경의 줄 간격은 110이다.
④ 배경은 한 줄이고, 전경은 석 줄 이하다.
⑤ 배경은 AP의 형태 제약에서 제외된다.
⑥ b_Poem에는 제목이 없다.
⑦ b_Poem은 '후킹 효과'를 지향한다.
  (후킹 효과 : 짧고 자극적인 글로 관심 끌기)

참고 8) b_Shot

bSS에서 〈ID 코드〉 부분이 빠진 것을 'b_Shot'라고 부른다. 다시 말하면, b_Shot에 ID 코드(일련번호)를 부가한 것이 bSS이다. 여기서 1쪽으로 구성된 b_Shot는 일종의 카드(card) 기능을 갖는다.

참고 9) b_Book의 제작

b_Book의 제작 절차는 대략 다음과 같다. 첫째, 각각 125개 이상의 A형 b_Shot와 B형 b_Shot를 작성한다(A형은 감성적인 글이고 B형은 이성적인 글이다). 둘째, A형과 B형을 각각 125개씩 추려 낸다. 셋째, 내용과 형태를 고려하여 250개의 b_Shot를 배열한다(단, A형과 B형이 교대로 나와야 한다). 넷째, 250개의 b_Shot에 ID 코드를 부가하여 bSS로 바꾼다. 다섯째, 이렇게 만들어진 본문(250쪽의 bSS)에 표지, 좌우명, 저자 소개 등을 더해서 한 권의 책으로 만든다.

참고 10) 글쓰기의 난이도

bSS는 쉽게도 쓸 수 있고, 어렵게도 쓸 수 있다. 일테면, 규칙을 모두 지키면서 bSS를 쉽게 쓰는 방법이 있다. 첫째, 얼마든지 짧게 써도 된다(최소 길이에 대한 제약은 없다). 둘째, AP는 생략이 가능하다. 셋째, LP A형을 한 개의 사각형 형태로 써도 된다(규칙 위반 아님).

참고 11) 경쟁 요소

b_Book이 경쟁의 측면을 갖는 것은 어쩔 수 없는 일이다. b_Book의 구성에 있어서 굳이 세밀한 부분까지 규칙으로 정해 놓은 이유는 본문의 내용(250개의 bSS)만으로 경쟁 요소를 한정시키고자 함이다. 효율적 경쟁이 이루어지려면 경쟁의 무대가 충분히 좁아야 한다.

참고 12) 설명의 책임

b_Book은 저자가 자신을 세상에 알리기 위해 자율적으로 작성한 말하자면, '공적 문서'이다. 하여, 저자는 b_Book을 구성하는 각각의 bSS에 대해서 '설명의 책임'을 진다(단, 사회적 윤리적 책임일 뿐 법적 책임은 아니다). bSS가 고유의 코드를 갖는 게 그 때문이다.

참고 13) b_Book의 인증

언젠가는 공식적인 b_Book 인증기관이 만들어져야 한다. 인증기관의 주된 역할은 두 가지이다. 첫째는 bSS 규칙의 관리와 갱신이다. 둘째는 규칙 위반과 代筆의 관점에서 'b_Book을 검증하는 일'이다. 인증기관의 검증을 받은 b_Book의 앞표지에는 인증기관의 직인이 찍힌다. 이 경우 직인은 해당 책이 'bSS 기반의 명함 북'이라는 증명이 된다.

3. 장르 디자인

"끊임없이 새로운 장르를 실험하는 나라"

이것이 필자가 생각하는 선진국이다. 근대 이후 동양이 왜 서양에 밀렸는가? 한 마디로 장르 디자이너가 적어서다. 아니, 적은 게 아니라 거의 없었다. 그 증거로 현재 우리가 사용하고 있는 장르를 보시라. 자동차, 비행기, 인공위성, 정장, 전화, 전등, TV, 스마트폰, 세탁기, 교육 시스템, 의료 시스템, 군사 시스템, 정치 및 행정 시스템까지 온통 서양에서 수입된 것들이다. 그야말로 예외를 찾기 어려울 정도다.

솔직히 스포츠와 예술 분야에서도 서양의 지평이 훨씬 넓고 깊은 게 사실이다. 다양한 분야에서 일본 세품이 뛰어나지만, 일본에서 장르 자체를 만든 사례는 거의 없다. 그 점에서는 우리나라도 할 말이 없다.

한동안 잘나가던 우리나라에 브레이크가 걸린 느낌이다. 최근 코로나, 물가 상승, 미중 대결, 우크라이나 전쟁 등으로 전 세계의 성장이 느려지고 있다. 그중에서도 우리나라의 타격이 유독 크다는 느낌이다. 5000년 역사에서 처음으로 나라의 기세가 뻗쳐오르던 판인데 안타깝다.

수많은 정치가 평론가 학자들이 우리의 암울한 미래를 주장하거나 예측하고 있다. 그러나 "그러므로 이렇게 하자."는 얘기는 별로 눈에 띄지 않는다. 이 위기를 헤쳐 나갈 묘안이 안 보인다는 말이다.

필자는 있다고 생각한다. 이 엄청난 위기를 헤쳐 나갈 묘안 즉, 방법론 말이다. 필자가 제시하는 답은 〈장르 디자인의 붐〉을 일으키자는 것이다. 필자의 희망대로, 대한민국이 최고의 장르 디자인 국가로 재탄생한다면 그로서 얻어지는 이점이 한둘이 아닐 거다. 아마도 우리가 직면한 많은 문제가 해결되거나 해결되는 계기가 마련될 거다.

가시적 성과는 다소(?) 미미하지만, 필자는 자칭 '장르 디자이너' 이다. 지금도 매년 한 개 정도 새로운 장르를 설계한다. 일테면, 이 책에서도 'bSS' 라는 이름의 새로운 글쓰기 장르를 제안하고 있다.

장르 디자인은 '취미로 보자면' 참 매력적인 취미다. 첫째, 장르 디자인 자체가 멋있다. 둘째, 장르 디자인 과정이 굉장히 재미있다. 셋째, 만든 장르의 품질이 좋고 타이밍이 맞으면 부와 명예를 얻을 수도 있다.

우리가 사용하는 유의미한 장르 중 상당수가 천재나 수재가 아니라 우리 주변에 있는 '약간의 창의력을 갖춘' 보통 사람들의 작품이다. 장르 디자인이 머리 좋고 똑똑한 사람들만의 전유물이 아니라는 얘기다.

역사적으로 장르 만들기에 극성인 나라들이 있다. 주로 서유럽에 있다. 영국, 프랑스, 독일이 대표적이다. 근세에는 미국도 포함된다. 최근 10~20년간, 주목할 만한 '新장르' 는 대부분 미국에서 나왔다.

필자는 우리 한민족의 핏속에 장르 디자이너로서의 적성이 숨어 있다고 생각한다. 여러 가지 이유로, 그동안 발화될 기회를 얻지 못하고 있을 뿐이다. 하여 한 번 불이 붙으면 21세기 최고의 장르 디자인 국가로 부상할 게 확실하다. 증거가 있냐고? 있다. 한류가 그 증거다.

참고 1) 성공적인 장르
새로운 장르 X를 발표했을 때, X가 성공하기 위해서는 크게 세 가지 테스트 단계를 통과해야 한다. 첫째, 단계 1은 '형식과 내용의 관점에서' 장르로서의 기본 요건을 갖췄는지 여부다. 기본 요건의 상세한 설명은 지면 관계상 생략한다(기본 요건은 장르의 유형에 따라 다르다). 다만 요건 중 하나는 사용된 명제들에 대한 '정당성 증명' 이다. 둘째, 단계 2는 다음과 같은 세 가지 질문으로 구성된다.

[질문 1] X는 우아한가?

[질문 2] X는 용도가 뚜렷한가?
[질문 3] X는 시대의 흐름에 맞는가?

 셋째, 단계 3은 사람들의 호응이다. 즉, X를 환영하는 사람들의 수가 유의미해야 한다. 그래야 확산과 정착이 가능하기 때문이다.

 원래 새로운 장르는 환영받기 어렵다. 사람들은 익숙하지 않은 것을 경계하는 본성이 있기 때문이다. 일테면, 백신과 자동차도 처음부터 환영받지는 못했다. 장르 디자이너에게 인내가 필요한 이유다.

참고 2) 확산 전략

 장르 디자인 운동이 바로 일어나기는 어렵다. 먼저 '명함 북 운동'이 일어나는 게 순서라고 생각한다. 명함 북 운동이 확산하는 과정에서 대략 세 가지 성과가 나타날 것이다. 첫째, 사람들 간의 소통 효율이 향상한다. 둘째, 사람들의 인문학적 소양이 높아진다. 셋째, 사람들 간에 지적 탐구열이 상승한다. 이런 정신적 인프라가 바탕이 될 때 비로소 장르 디자인 운동이 성공할 수 있다고 본다.

 하지만 어떻게 명함 북 운동에 불을 지필 것인가? 간단하고 유력한 방법이 있다. 즉, 정부, 대학, 대기업 중 하나(혹은 모두)에서 입사 혹은 졸업 조건의 하나로 명함 북(일테면, b_Book)을 채택하면 된다.

 이 경우 명함 북은 자연스럽게 '젊은이들 중심으로' 빠르게 확산할 거다. 우리 국민 상당수가 명함 북을 갖는다면? 이거야말로 한국형 문화 대혁명이다. 이 혁명의 장단기적 효과는 결코 작지 않을 거다.

참고 3) IT 산업

 우리나라는 자타가 공인하는 IT 강국이다. 그런데 최근 들어 IT 강국의 명성이 빠르게 내려오고 있다는 느낌을 지울 수 없다. 문제는 인문학적 수준이다. 즉, 인문학적 자산이 전제되지 않은 IT 산업은 한계가 있다. IT 산업의 진화 방향은 결국 서비스업이 될 수밖에 없기 때문이다(구글, 페이스북, 우버, 아마존 등이 다 서비스업이다).

그런 의미에서 명함 북 운동이 갖는 또 다른 주목 포인트가 있다. 전술한 것처럼, 명함 북 운동(혹은 장르 디자인 운동)의 필연적인 결과로써 전 국민의 인문학적 소양이 높아질 것인바, 이것이 IT 산업과 관련해서 긍정적인 영향을 줄 수 있다는 얘기다.

참고 4) 잡스의 충고

스마트폰으로 세상을 바꾼 스티브 잡스는 '기술과 인문학의 교차점'을 애플의 정신으로 제시했다. 진짜로 대단한 혁신(혹은 창조)은 기술에 인문학적 소양이 더해져야 가능하다는 뜻이다.

공대에서 학생을 가르쳐 온 필자는 이 말을 듣고 뜨끔했다. 그동안 교육 문제와 관련해서 우리나라의 공대에서는 인문학적 소양에 대한 문제의식 자체가 없었기 때문이다. 최소한 지금까지는 그랬다.

사실 변명의 여지가 전혀 없는 건 아니다. 우리는 오랫동안 산업을 포함한 모든 분야에서 소위 추격자 전략을 고수해 왔다. 아닌가? 이 전략에서는 인문학적 배경 없는 단순 기술만으로도 충분하다.

하지만 시대가 달라졌다. 환경이 변했다. 우리는 이제 UN이 공인하는 선진국이다. 원하든 말든, 우리가 선도자로 나서야 할 때가 된 거다. 잡스의 충고가 없더라도 우리의 기술교육은 달라져야 한다.

선도자가 된다는 건 언필칭 '기술 판 자체를 바꾸는 혁신과 창조'를 해야 한다는 뜻이다. 그런데 이게 가능해지려면 인문학적 소양을 갖춘 '선진 형 기술인재'를 길러 내야 한다. 다른 길은 없다.

문제는 관성이다. 특히 교육 분야는 관성이 강하다. 하루아침에 수십 년 정착된 교과목을 줄이고 인문학 교육을 넣기는 어렵다. 해서 필자는 현실적 제안을 하고 싶다. 즉, 현행의 대학 졸업 조건을 '명함 북' 제출로 바꾸자는 거다. 즉, 졸업 조건으로 졸업 논문, 졸업시험, 토익시험 등을 없애고 대신 명함 북 제출을 의무화하라는 거다.

필자가 졸업 논문, 졸업시험, 토익시험 대신에 명함 북을 제안하는 근거는 간단하다. 예를 들어, 국내외의 기업에서 신입 사원이나 경력 사원을 채용할 때, 그들은 과연 '응모자가 제출한' 어떤 서류를 보고 싶어 할까? 졸업 논문? 졸업시험 성적? 아니면 토익시험 점수? 아마 아닐 거다. 답은 명함 북일 거다. 응모자가 도대체 '어떤 생각을 하면서 살아가는 사람'인지를 가장 알고 싶어 할 거다. 아닌가?

필자가 제안하는 방법의 요체는 인문학 훈련을 학생 개개인에게 맡긴다는 점이다. 이제 학생들은 '마치 일기를 쓰듯이' 재학 내내 명함 북 준비를 해 나가야 한다. 전술한 것처럼, 명함 북을 쓰려면 폭넓은 독서와 함께 깊은 사색과 토론이 필수다. 이게 무슨 뜻이냐면, 명함 북을 쓰는 과정에서 자연스럽게 인문학적 소양이 길러진다는 거다.

사실, 이 정책이 최선이라고 말하기는 어렵다. '인문학 훈련'이라는 과제를 몽땅 학생 자율에 떠맡기는 꼴이기 때문이다. 하지만 여러 여건을 두루 고려해 볼 때 그나마 이게 차선은 되지 싶다. 어쨌든 하긴 해야 한다. 그래야 사니까. 학생도 대학도 그리고 국가도.

참고 5) 게으른 사색의 윙크

이 책 『게으른 사색의 윙크』는 크게 세 가지 성격을 갖는다. 첫째, 이 책은 필자의 산문집이다. 둘째, 이 책은 필자의 명함 북이다(이 책을 읽으면 필자가 '무슨 생각을 하면서 사는지'를 알 수 있다). 셋째, 이 책은 필자가 제안한 글쓰기 장르 bSS의 가시적 샘플이다.